龍の目にも涙、翡翠の眼には雷鳴を

伊杜悠久

ITO Yukyu

文芸社

零／0

嘶（いなな）きのような雷鳴の日だった。

色彩で表現するならば、灰の単色では物足りぬ、もういくつかの寒色をも足したくなる、黒色すらまばらに散らばる曇天が圧（お）し潰す。

そのせいだろうか、時折表層を駆ける鳥獣達を象（かたど）った稲光は、その黄金を一層際立たせ、下界の生ある方の鳥獣、並びに衣服を纏（まと）った進化の果ての猿達に、威厳を誇示する。

嘶きの主である馬の稲光は、曇天の草原を疾走する。古（いにしえ）から人と生活を共にし、移動や貨物輸送、娯楽の手段、さらには手近な食物にまでなり下がった地の馬達に、誇りを取り戻せとばかりに、輝く体躯をしならせる。

圧巻たるや、天馬一体。その刹那に天地が入れ替わり、地上の人間が雲に足着け逆様（さかさま）にでもなろうものなら、天変地異の様相を省いてもなお、畏敬と賛美の念に溢（あふ）れ、乃公出（だいこうい）でずんば膝をついたろう。

稲光の鳥獣戯画。黄金の筆は画才を惜しまず、厚く、深く、重く、それでいてどこか切なく名残惜しさをも孕（はら）んだ轟音と共に、鳥獣達を遊ばせる。馬、鷹、狼、豹、獅子、海獣、巨象。私の想像力と知識量では、すべてを表現するにはゆうに事を欠く。

だが、ただ一つ、ただ一つ、確信的な存在があった。

龍。

蛇とは違う、荒々しく重なる鱗と雄々しき鬣、強靭な凶爪を持ち、大気の障壁を易く牙で噛み砕き、悠然と天駆けし雷龍。神々しき筆跡を残し、這い巡る。

鳥獣達は道を開け、龍の御練りに平身低頭、恭順を示す。

地を叩く、沛雨の祭囃子。神は成った。


その様を形容する私はといえば、その他多くの人々と比較しても、それなりに近い位置で拝謁していたことだろう。日本有数の大山に抱かれた、指折りの美観を誇る景勝地へと、家族揃って訪れていたからだ。

「晶龍峡」。

もし訪れていなかったとしたら、のちの私の生活は、そして人生は紛れもなく一変していたであろうことが容易に想像できる。

いや、そんな想像を巡らせるたび、なぜ私だけこの人生を授かったのか、なぜ私だけ人類きっての苦行を背負ったのか、なぜ私だけ……。

そんな悔恨の念の強迫的エンドレスリピートに捉われ、そのたび暗闇に逃げ込み、地に顔を伏せ続けなければならなくなるのだけれど。

龍の目にも涙、　零〜十一（漢数字章）

翡翠の眼には雷鳴を　0〜16（英数字章）

一

天気予報では、本日は洗濯物日和であると、口の大きな細身の女性アナウンサーがブラウン管越しに宣言している。

テレビ・メディアを通して自分の姿形や言葉を届け、多くの人々の心を動かすその職業に、心底誇りを持ち、そしてどこか陶酔しているようでもある自信を醸し、彼女は確信的に告げた。

いや、本当のところは、誇りなどなく使命感もなく、ただ出身大学で持ち上げられ、そのまま既定の線路上を何一つ疑うことなく至極滑らかに走り——走らされ——続け、ときに何者かの糧とされ、そうするしかない自分に辟易(へきえき)しながら、ただ、そう、いち仕事として口を動かしただけという線も否めないが。

「傘は必要なさそうね」

朝のテレビ映像に噛(かぶ)りつく、当時七歳の幼気のない少年であった私に、母は言った。

二つともが黒い瞳をした私の両の眼は、テレビから視線を動かそうとしない。決して本日の天気やアナウンサーに深い興味を抱いていたわけではないが、そのときはただ、何らかの具体的な思考を燻らせていたわけでもなく、ただ自分とテレビの間にある中空から目を離せなくなっていた。大した意味はない。

「りゅうさん！　りゅうさん！」

母の言葉に反応しない私に後ろから抱きつき、距離間を考えることもなく、まるで公園の端から反対側の端に立つ「りゅう」という名を持つ人物を呼び止めるかのような声量で、私の右耳へその五文字を放り込む妹。

私はさすがに無視し続けられなかった。

「もう、分かってるって！」

この日私達は、お隣天科県の景勝地「晶龍峡」を訪れる予定を立てていた。

妹が嬉々として「りゅうさん」と連呼しているのは、以前に両親から、晶龍峡に古くから伝わる龍神伝説を吹き込まれていたからだ。

私がかつて訪れたときには、随分とはしゃいでいたという情報も添えて、だ。

晶龍峡なら、以前にも一度訪れたことがあった。まだ、妹は生まれていなかった頃である。

年間を通して県内外から観光客が訪れる、日本一の呼び声高い渓谷は、年端もいかない子供の目からしても、何とも美しく、神秘的で、目に見えないパワーを感じずにはいられなかった。

長い年月をかけて清流に削られた流れの通り道は、ドナテッロでもミケランジェロでも再現不可の自然の彫刻。硬い岩盤を一度液状にして、それを流れる過程でぴたりと時間停止したような、不思議な形状をしている。

流れの通り道だけではない。その両側には荒々しい断崖絶壁が立ち聳え、遊歩道を見下ろしている。

そちらもまた、崩落や雨の浸食、木々や動物の息づきが連綿と積み重ねられ、きっと神の意思が反映されているに違いないと思わせるほどの、芸術的な自然の彫刻を作り出していた。

その超自然的景観のいくつかにはそれらしい名前がつけられ、観光客が足を止める人気のスポットとなっていた。

晶龍峡には、天然石の一大産地という側面もある。そのため、遊歩道や見晴らしの良いエリアには、地産の天然石を使用した展示物や土産品がこれでもかと並べられている。

「どれが気に入った？　一つ選びなさい」

幅広いラインナップの中でも、わりと手頃な水晶その他天然石を球体に加工したものを、種類問わず百個は超えない程度の数量を乱雑に流し入れた籠を指差し、父は私に選ばせた。

球状の天然石は、エネルギーの循環を表しており、特に石のパワーを得やすいのだそうだ。

残念ながら、当時の私はその良さを大して理解できなかったので、父に急かされるがまま、一番近くにあった手に取りやすい——といっても、可愛らしい色は女の子みたいで気が引けたので、少しだけ格好いい色と模様の——球を、素早く選んだ。

観光業こそが、この晶龍峡に住む人々の主たる収入源だ。

ブレスレットやネックレス、ピアス、キーホルダーといった手軽な価格のものから、数十万、さらには百万を超す高級品まで、ありとあらゆる生活ランクの客から金を毟り取るべく、土産屋には幅広い価格帯の商品が多数並べられていた。昨今においては、インターネット・ショップを通した通信販売も盛んなようだが。

土産品より気を引いたのは、食事の方だった。

晶龍峡の食の名物は、美しい渓流を擁する観光地だけに、やはり新鮮な川魚となる。

魚料理は決して好まない、むしろ敬遠するような子供でもあったが、その日食べた魚の味は忘れられないものとなった。

ついさっきまで水槽を元気よく泳いでいた岩魚(いわな)や鮎を串に刺し焼いた塩焼き、天然鰻の蒲焼きに、舌鼓を打った。

飾らず、繊細で、旨味が凝縮されており、調味料による味付けに一切頼っていなかった。

透き通る清流の中で育った魚達は、大衆的なスーパーで手軽に手に入れられる養殖ものや、それなりの環境で育ったその他並の素材とは、ゆうに一線を画す。その辺は、人間とも変わりやしないが。

帰りの車の中でもなお、私は随分と上機嫌だった。帰宅を促されたその瞬間には、まだ帰りたくないと、少年の心を強奪した美しい渓谷とその経験との別れに、泣きじゃくりさえしたといえば、私の満足度の高さはきっと容易に想像していただけるに違いない。

話を戻そう。その朝の私は、まだ義務教育の始まって間もない小学校二年生のタイミングとはいえ、夏休みの有り難みならゆうに理解していた。

そんな長期休みの思い出作りを家族が画策してくれているのだから、通常であればもちろん私だって心躍らずにはいられなかったことだろう。

だけど、以前にそれだけの好印象を受けた晶龍峡へ行く予定となっていた朝にもかかわらず、妹ができて初めて行く、二度目の晶龍峡観光であるこの日について、私はどうも乗り気になれずにいた。

それこそ、家族に準備を急かされても、中空を捉えたまま聞こえないふりを続けていれば、そのまま何とかみんなの意欲を削いで中止という流れに持っていけはしないだろうかと、心の片隅でそのような淡い期待すら抱いていたほどだ。

予感していたのだ。具体的に、何がどうなりどのようなことが起こるか、といった予感ではない。ただ、何となく、その日は家族で晶龍峡に行ってはならないと、私の中の何かが強く心に告げ続けていた。

嫌な気分になる、事故が起こる、道に迷う、事件に遭う、子供なりに、いくつかのバッドシナリオを想定した。

大舞台の前の、緊張で心臓をぎゅっと締めつけられるような、気道を凍てついた冷気が走るような、人が死んだあと一体どうなるのかを考えて、居ても立ってもいられなくなるときのような、尋常ならない感覚が、ずっと頭から離れずにいた。

「明日、別のところに行こう?」

「何を言ってるんだ。もうキャンプ場の予約もしてあるんだ」

「どうしても?」

「どうしたんだ。前に家族で行ったとき、はしゃいでたろう」

危懼の念がどうしても拭えず、ついには父に行き先の変更を提案したほどだ。とはいえ、そのときの得体のしれない不安感や根拠のない予感を、言葉に出しはしないながらも、久しぶりの家族での遠出に期待感を高めていた父に、緊急性を匂わせて言語化し通達し、説き伏せられるほどの交渉能力を当時の私はもちろん持ち合わせてはいなかった。

家族という時間、小世界が理の通りに進行するのを、ただ黙していち観客として見守り続けることしかできなかった。

網戸越しに入ってくる蝉の声。家に籠っているのが勿体なくて、少年心をそわそわさせる、夏の匂いを含んだ風。警戒心というものが一片たりとも存在していない、自宅で過ごす水入らずの家族空間ならではのぬるい甘い感触。窓辺から射す、チンダル現象の陽射し。そのまっすぐに伸びる陽射しを受け、滑らかに漉し上げられたような仄かに甘い緑を湛える翡翠石が、穏やかに光った。

以前に晶龍峡を訪れたときに買ってもらった、いくつかの天然石を乱雑に流し入れた籠の中から手に取った、あの石だ。

球全体が翡翠というわけでなく、他の成分もそれなりの割合で含んでおり、断面が緻密な層になって模様を作っている部分もある。

例えるならば、木星である。木星はアンモニアの大気によって作り出された縞模様が層のように見えているわけだが、ちょうどそのような模様の石だった。

木星がそうであるように、この石もまた、ミステリアスで冥界的で、それでいて琴線に触れるような、何とも引き込んでやまないパワーを放っていた。

翡翠球の層の模様が、地面と水平になるよう側面から見たときの、上下面にあたる部分は円形の模様になる。各頂点一点に向かって、球の曲線に沿って層が徐々に集束していくためだ。

とりわけ一方については、その円が直径八ミリほどの均整のとれた正円になっており、妖しげな目玉のように見えるときもある。

雰囲気、存在感といい、まさに木星の目玉こと、大赤斑のようで惑わしい。「惑星」とは、よくいったものだ。

私は当時も今も、ガリレオ・ガリレイでもジョヴァンニ・カッシーニでもなく、その信奉者でもない。ちゃんと確認して選んでいたなら、こんな不気味な石、まず買わなかっただろう。

手のひらに収まる翡翠の木星の目は、なぜだろう、ときどき私と目が合った。

1

茹（う）だる夏の暑さが、安価なプラモデルかのような頼りない我が家を情け容赦なく包む。壁越しにすら伝わる、焼き付けるほどの熱波が、先行きの分からない人生に頭を抱える私の苦悩に追い打ちをかける。

エアコンはその五月蠅（うるさ）い機械音と対照的に、どれだけ温度を下げて風量を強めても、快適を演出しようとはしない。ただ黙々と——一切黙してはくれないのだが——順調に電気代だけを食い散らかしてくれる。

だからといって、消したら消したで、この部屋を生存すら危ぶまれるほどの電子レンジ庫内に変えてくれるので、つけたままにはしている。

六畳間と気持ちばかりのキッチンスペースだけのぼろアパート四階ワンルーム、それが私が一人で住むこの家だ。

壁は薄く、独り言や鼻歌でも口遊（くちずさ）もうものなら、それだけで待ってましたと言わんばかりに心臓を貫く殴打音が響く。

いわゆる壁ドンというやつであり、壁ドンといえばどことなく爽やかなロマンスすら想起させるわけだが、もちろんそのような胸の小躍りする展開を予感させるタイプの方ではない。

手から物を落とせば下階から棒やら何やらで突き上げられ、深夜に風呂に入れば金属の玄関扉を強く連打され、自身で家賃を納める自宅におりながらも、まるで言葉の通じない海外の気難しい老夫婦家族の家に無理やりホームステイさせてもらっているかのように酷く気を遣わなくてはならなかった。

プラモデルと例えたくなる理由は、これらだけにとどまらない。痛恨は、建物の軟弱さに尽きる。

微弱な地震が起きたときはもちろんのこと、近隣で工事をおこなっているとき、さらには、中型のトラックが通っただけでも結構な揺れを生ずるのである。

このアパートの部屋に入居するにあたり決め手の一つとなった、最上階角部屋という、一見するとある種の羨望すら向けてもらえさえするような位置条件もまた、揺れの増幅に一役買っていた。

揺れ、というより、しなりと表現した方が相応しいかもしれないほどのぐらつきが、我が家を頻繁に襲う。

柱や壁の基礎にプラスチックが用いられているのだと説明されても、私はごく自然に、街中で手渡されるチラシ入りポケットティッシュを、足も止めずに、そちらを見ることもなく手の甲で遮り断るように、滑らかに承服できるだろう。

　ところどころにタバコの焦げ跡や何かを溢(こぼ)した跡、差し入る陽光に日焼けし変色した箇所などが散見される、冴えないベージュ色の絨毯(じゅうたん)も忘れてはならない。

　窓枠の下あたりには隙間ができているようで、台風シーズンに至っては、大雨がアパートを打ちつけるたび雨水が侵入してきて、部屋窓側の絨毯裏にびっしりと黒カビを育て上げてくれる。

　カビの臭いというのは、ただ不快なだけではなく、精神系にも大いなる影響を与えることを、この部屋で有り難く学ばせていただいた。

　つまり、まったくもって意中の女性などをお招きできるような我が家ではない、といえば、大方イメージはつくだろう。

　ガンガンガン！

　一応のところその役割は果たしているが、防犯上の機能面に関してはさほど期待のもてない、築年数の古さを感じさせる薄くチープな――外見だけはお洒落(しゃれ)にしようと気を回したのだろう。気休め程度に、表側だけは鮮やかかつ爽やかに、スカイブルーのペンキで仕上げられているのが唯一の救いの――金属扉が、けたたましい音を上げる。

とはいえ、例の如く近隣住民が私への精神的抑圧をおこなうためのそれとは、また違うことがすぐに分かった。

悪意をもったノックでも、よそよそしい他人行儀なノックでも、愛の籠った思いやりあるノックでも、我が家の扉はその軟弱かつ吝嗇(りんしょく)なつくりにより、訪問者の来訪を家の主人へ知らせることに手を抜かない。

呼び鈴は壊れており、いくら押してもその役割を果たすことはなく、ただカチャカチャという音とともに感触を楽しませてくれるだけだ。

このときのノックは、〈愛の籠った思いやりあるノック〉だった。

「おはよう。レン、生きてる？」

女性にしては少し低めの彼女の声を、私はとても好いていた。音声編集システムで少しばかりのピッチ補正でもしてやれば、彼女を知らない人間なら、穢(けが)れない少年の声とも聴き間違えるだろう。

その声は、私をとても落ち着かせる。人の立ち入らない、緑生い茂る山の中、木洩れ日を縫って流れる柔らかな緑風が、私の泉を駆け抜ける。

彼女のノックには、打音のそれぞれが繋(つな)がっているような、こなれた感じの手首のスナップを利かせているに違いないような、品の良さがある。

「ああ、何とかね」

呼吸をすることすら困難である私の人生において、彼女との会話、過ごす時間は、数少ない、いや唯一の心の鎧（よろい）を下ろせる瞬間だ。

アポイントメントも取らずに現れた彼女、ことリュカに対し、煩わしさをも漂わせたニュアンスで扉越しに返答したつもりだったけど、思いのほか嬉しみを含んだトーンとなってしまい、おまけ程度の咳払いをした。

寝て起きて、軽い朝食を済ませただけの状態だったので、急いで歯を磨き顔を洗い、色味の濃いブルージーンズを穿（は）き、タイトなグレーのポロシャツに袖を通した。

リュカは付き合って一年近くになる恋人だけど、無防備な姿というのを見せるのがどうも苦手な私は、厚みが二ミリもないであろう金属製の玄関扉の向こうに彼女を待たせたまま、そそくさと準備をした。

リュカもまた、そんな私のことを分かってくれている。とはいえ、この日は四十度を超える酷暑日であることをネットニュースで見ていたので、申し訳なさも否めなかった。

「元気そうじゃない。少し、痩せたみたいだけど」

玄関を開けると、一週間ぶりに顔を合わせるリュカが、頬に遠慮がちに汗の雫（しずく）を散りばめて、腕を組んで立っていた。

幼さすら漂わせる小さな丸顔と、大きな瞳、それでいて強く鋭い切れ長の目元のギャップは、会うたび私の脳に多量の幸福物質を分泌させてくれる。

日本人男性の平均身長をやや超えるぐらいの私にも、ヒールを履いた日には並ばんとするほど背が高く、スレンダー・スタイル。ボディラインを強調する夏のファッションが、より一層そのシルエットを際立たせていた。

リュカは続けて言った。

「今日はどう？　いる？」

「二つ」

「あちゃ、やっぱか」

愛嬌ある苦笑いとともに、少しだけ下がった目尻。ナチュラルかつシャープなアイメイクにより、クールな印象が強まった目元を、穏やかにした。

動物に例えるならスタイリッシュな肉食ネコ科猛獣である彼女も、笑うと、小さな丸顔のシルエットも手伝って、リス科の愛玩的小動物を思わせる表情になる。

「今日一日、空いてるの？」

私は尋ねた。

「うん。悪いけど、頼むわ」

「何言ってんの。悪いことなんてあるわけないでしょ。会いたかったよ」

「そりゃどうも」

たっぷりの間を置きながら、一つ、二つと丁寧に言葉を交わし、互いの生存を確認した。

玄関を出て共有スペースに一歩踏み出すと、エアコンの効かない家の中どころでない真夏の熱気が、体温を急激に押し上げた。

美しい恋人との再会に自ずと血流が促進されたから、などといった美談に脳内把握を変換したいところだが、生憎そんな現実逃避もし難いほどに今年の夏は暑い。


私とリュカは、同類だった。だけど私のそれは、少し人と異なるものだった。

だからこそ、彼女の悩みやしんどい部分、生き方について、客観的に、それでいて他人同士ほどの距離を空けず、怯（おび）えず、驕（おご）らず、適切な距離で支えること、また支え合うことができた。

「本当に、木星みたいに見えるね」

「本当の木星なら、僕の頭は弾け飛んで、宇宙の塵（ちり）になっているけどね」

「翡翠、だっけ？」

「そう。他の物質も混じっているらしくて、こんな縞模様になっているんだけど」

暑気を凌ぐため、そして今日一日のデートプランを打ち合わせるため、家から程近い距離にある商店街の一角、一見ではまず見つけることは困難であろう、細い路地を二、三抜けてやっと辿り着くことのできる、馴染みの喫茶店のテーブル席に、向かい合って座った。

私はアイスコーヒーを頼み、リュカはメロンソーダフロートを頼んだ。

インテリアとしてうまく配置されたコーヒー豆の麻袋や、人の手による加工ではなく歴史を重ねて自然と現れたであろう汚れが味わいを漂わせる、木製で統一した店内装飾、黒糖色のコーヒーを上品に遊ばせる、ビンテージ・テイストのサイフォン、日々の喧騒を忘れ、心身ともに寛げる空気感を演出する、抑えめに灯された琥珀色の照明。

メロンソーダの化学合成的色彩は、そんなせっかくの喫茶店の雰囲気から乖離した存在として異物感を醸していたが、どこかオリエンタルでもあるリュカのミステリアスな空気と合わさることで、サブカルチャーチックな統一感を齎し、それもそれで悪くないと思わせた。

「綺麗な眼」

ノースリーブの肩口から、長くしなやかに伸びる両腕。それらの肘を肩幅ぐらいの間隔でテーブルにつけ、左右の手指を組んで小さく顔を休ませる。

透き通るメロンソーダフロート越しの彼女は、そのような仕草で私にいたずらっぽい微笑みを見せた。

「そんなことを言ってくれるのは、君ぐらいだよ」

「世界でただ一人、あなただけの眼。素敵じゃないわけがないわ」

「濁った緑の眼だなんて、気色悪いの大喝采だよ」

「不思議。ただの石の球が、ある日突然、右眼と入れ替わっただなんて」

「僕はまだ、これが夢だと信じて疑わないよ」

私の右眼は、ない。

右眼の代わりに、翡翠の球が入っていると言って、誰が信じるだろうか。

ましてや、医学的に正規の義眼床や結膜嚢の形成をおこない、緑色のアクリルボールを嵌め込んでいるというわけでもない。

それどころか、観光地の土産物屋で安価で売られているような、他成分の色混じりも目立つ見栄えのしない低品質な天然石の球である。なぜこんなことになったのか、私は知らない。

私の右眼について、医者や研究者、医学誌の特集などをとりわけ驚かせたのが、この眼に視力があるということだ。

眼球は紛れもない翡翠をメインとした天然石の球なのだが、側頭筋や視神経、毛細血管などの周辺組織は健常者の眼と同様に緻密に連結されている。

だが石は石でしかなく、像を取り込む角膜も水晶体も硝子体も、投影する網膜も存在していない。

かろうじて眼球に近い要素があるとすれば、本来の眼球の主要な部位の一つが、天然石の親戚のような「水晶体」という名称であることと、この石の前面に虹彩や瞳孔らしきもの、すなわち瞳に近い円形があることぐらいだ。

この翡翠は、他成分による雑味の層が縞模様を作り出しており、木星を思わせる。そして木星同様、大赤斑によって浮かび上がった目のような模様も、層の集束する頂点部分の一方に有している。

なぜだか分からないが、この目の模様が眼球でいうところの瞳の位置にきれいに鎮座しており、どうやらそこから像を取り込んでいるらしい。

医学でも科学でも解明は不可能であると、国内のお医者様に学者先生などのお偉方は早々に匙(さじ)を投げた。

天然石やパワーストーン、占術界隈については、スピリチュアルだの奇跡だの予兆だのと、随分と不毛に祭り上げていたようだが、根拠などどこにもなく、ただの妄言祭りに過ぎなかった。

もちろん、このようなミステリーを国家機関や海外が放っておくわけはなく、私は定期的に国や海外の研究機関に呼び出されては、それはそれは丁重な扱いを受けながら、医学や科学の発展に協力させられている。

内心においては、「アジアのびっくり人間を弄り回せるぞ！」と、突然変異希少種の私を邪な感情にて色物扱いしている者も少なくないようだが。

「先週、何か思い当たることはあるかい」

「思い出したくもない」

「あはは、その方がいい」

この翡翠の右眼は、ただ普通の眼のように視力が存在しているだけではない。それどころか、普通の眼以上のものまでもが見える。

これについて、私は研究者達にも話していない。私以外では、世界でただ一人、リュカだけが知っている。

「おい、見ろよ。あの女モデルじゃね？」

「やっべ、超タイプだわ。お前ナンパしてこいって」

「男連れじゃん」

「あんなのひょろいひょろい。楽勝だって。俺決めた。絶対あの女カノジョにするわ」

私達の座る席の斜め後方から、リュカの美貌を下品に称賛する男二人組の声が聞こえてきた。あえてこちらまで聞こえる声量で話している。

この喫茶店は、マスターも店員も客層も、品の良い人間ばかりだ。それが気に入っているし、そんな落ち着ける空間だからこそ、小規模な商店街のさらに入り組んだ路地にあるこの店まで通っているという客も少なくないだろう。

私もまたその一人だし、リュカと二人で安心して連れ立てるのもそのあたりが大きかったのだけど、珍しい。

「リュカ」

「うん」

「僕の眼を見て。意識を逸らさないで」

「うふふ。はい」

レトロチックな、発色の良いオレンジ色のノースリーブシャツ。丸顔に似合う、ボーイッシュとまではいかないけれど、うなじまで見えるすっきりとしたショートカット。仄かに褐色を帯びた、健康的な肌の色。何度となく眼を合わせてきた、そして幾度となく肌を重ね合ってきたにもかかわらず、眼を見ろと言っておきながら、鼓動の速まる自分がいることに今さら気づく。

　リュカもまた、その心情を察したようで、長い脚の先、露出の多い涼やかなサンダルの先で、私の脛（すね）に触れるか触れないかくらいの感触を演出した。唇に、僅かに力を込めていた。微笑みを抑えているようだった。

　そう、それでいい。

「お姉さん、絶対モデルでしょ！　俺さ、分かっちゃうんだよねー」

　喫茶店の雰囲気を味わう気など、毛頭ないのだろう。私達の席のすぐ横に置かれた、小学校高学年の子供程度の身長ぐらいはあろうドラセナ・ソングオブジャマイカの観葉植物に手をかけ、葉を大きく揺さぶる。声の大きさは、話の内容を伝えることが目的ではなく、驚かせて精神的威圧を生じさせることが目的に違いないそれであった。

　マスターは、顔の向きを変えてまで確かめることはしなかったが、引き続きカウンターで展開を窺（うかが）っているようだった。他の客は、一瞬会話を止めたあと、また再度話を始める。フェードイン曲線は急激だった。

　リュカは少しだけ肩を強張（こわば）らせたけれど、表情には変化を持たせないよう努めつつ、引き続き私の眼を見続けている。

「ねえって！　いいじゃん。何そいつ、カレシ？　お姉さんに全然釣り合ってないから。俺ら向こうに車置いてんだよね。ねえねえ、海行かない、海」

男は、何も考えていなかった。ただ、私への嫉妬とリュカへの羨望に捉われている。会話を通して気持ちを近づける気などさらさらなく、もちろん、喫茶店内の空気を汲み取る気もなく、ただ思考より先に口が動くままに、想像力もボキャブラリーも感じさせない場当たり的な夏のナンパ文句を吐き散らして見せた。

すると次は、私達のテーブルに身を乗り出し、二人のアイコンタクト・ラインを断ち切り、リュカの目の前にその品も特徴も生き様もない面を差し出す。

リュカは歌の上手な小鳥のような澄んだ声で、必要最低限の悲鳴を上げる。思わず、後ろ側へ顔を背ける。

「お客さん」

マスターだった。

その様子を見かねたマスターが、読んでいた新聞をごく一般的な新聞らしい新聞の音を立てながら折り畳み、低く紳士的な声質で、こちら側へ話しかけた。

「出て行ってください。ここは、あなたのような人間が来るところではありません」

白髪が大半を占める髪を美しく整えたマスターが、同様に白化した、十分に蓄えた髭(ひげ)を動かしてそう強く、それでいて、密度の高い高級バターが常温で滑らかに溶けていくように、ゆっくりと述べる。

会計やオーダーをとるのはいつもアルバイトらしき青年なので、私はこのとき、マスターの声を初めて聞いた。案外、想像通りの声と振る舞いである。

「出て行ってください」

「出て行きなさい」

「出て行け」

するとそのあと、居合わせた別の客も、各々の声と発言でマスターの一声に続いた。二人組のご婦人、窓際で一人でコーヒーを嗜(たしな)んでいた老婦人、私達ほどではないが、比較的若いであろう三十前後ほどのカップルが、それぞれがそれぞれのタイミングで。

「はあ？　なんだよこのカフェ。面白くねえ。食い物も不味(まず)いしよ！」

「ぎゃはは！　だっせ！　マジウケるわ！　ぎゃはは！」

男達二人は、いとも簡単に狼狽した。

「お代は、結構」

マスターはそう言い残すと、それまで座っていたカウンター内のイスに再度腰をかけ、新聞を開いた。新聞を開く音は、新聞など過去の遺物とさえ思っていそうな若者二人に、何を響かせたのだろうか。

「古臭いカフェが威張ってんじゃねえよ！　二度と来てやらねえよ。それから女も、ちょっとモテるからって調子乗ってんじゃねえよ。お前みたいな苦労を知らない女は、一生守られながらチヤホヤされてろよ。脳なしが！　きしょい眼の男と一生ヤってろ！」

二匹の負け犬は、遠吠えを上げながら去っていった。

「うちは、カッフェではなく、喫茶店」

扉の閉まるか閉まらないかのタイミングで、新聞を読みながら、マスターが最後にそう言い放つ。

ガラス窓越しに、高笑いをしながら去りゆく男二人組の頭の周りを見ると、いくつかの黒い靄（もや）がかかっていた。

「リュカ、大丈夫？」

私はリュカを心配したが、その必要はなかったようだ。

「素敵なカフェね」

怯えるどころか、柔和で温かな微笑みを浮かべている。微笑んだ口元のままで、メロンソーダフロートに刺さったストローに口をつけて、アイスクリームが大方溶けてまろやかになっているであろうトランスカラーの液体を二口ほど飲んだ。しなやかで長い首が、そのたび脈打つ。

「君、もう良くなってるみたいだよ」

「え？　本当？」

この日、うちのアパート部屋の玄関の前で最初に会ったときに見えていた、彼女にへばりついていた、いや、こびりついたような、二つの小ぶりの黒い靄が、このときすっきりと消え去っていた。

古いフランス映画に出てくる街灯に使われているようなレトロな照明の明かりが、束の間殺伐とした店内の雰囲気を、またすぐに地に足の着いた憩いの空間へと変える。大きなシーリングファンの影の回転速度で、またこの店の日常が刻まれていく。

お客さん達もマスターも、以後、先ほどの一件に触れることはなかった。けれど老婦人だけは、リュカが笑みを取り戻すのを確認してから、また自分の時間に戻った。

私も私で、老婦人が自分の時間に戻るのを確認するまで、気配を感じ取り続けていた。三つほど葉を落とされたドラセナ・ソングオブジャマイカだけが、先ほどの出来事を記憶し続けている。その枝葉に、黒い靄はかかっていない。

騒々しい蝉時雨（しぐれ）をよそに、喫茶店の中には別空間が流れている。

それは、この店の深い歴史が醸すものなのか、心を弁えた人々からくるものなのか。

何より、私のこの眼のことについて、わざわざ土足で領域に踏み込んでくるような人はまずいない。

コーヒーの美味しさも忘れてはならない。

マスターが、顔を隠す高さで手に持っている新聞を鼻梁の中腹あたりまで下げ、リュカの方に少しばかり目をやり、一つ、小さく咳払いをした。

二

父の運転するハイルーフのワンボックスは、小型ながらも積載空間が広くて、家族での遠出にはもってこいだった。

だけどこの日は、後部座席に私と妹、そしてキャンプ道具が多数詰め込まれ、決して快適とは言い難い空間になっていた。

「ねえ、母さんも何か持ってよ」

「何よ、こっちも足元に色々詰め込んでて窮屈してるの。我慢しなさい」

助手席の母の方へも荷物を分散させようとしたが、こちらを振り返ることもなく、バックミラーを少し動かし、鏡面越しに私を一瞥してそう言い放ち、またミラーを元の角度に戻した。

後部座席の私と妹の周囲には、テントやチェア、四人分のシュラフ、大きなクーラーボックス、炭の入った段ボール、浮き輪やボールの遊び道具などが散乱している。

浮き輪は膨らませる前とはいえ、子供二人で乗れるミニボートのような仕様になっているので、それなりの存在感を放っている。

「何でラゲッジに置かないの？」

「仕事道具を下ろすのが面倒くさくてな。あとは食材とか、父さんの釣り道具もある。チビ二人だし余裕で載せられると思ったんだけど、あはは、意外に嵩張(かさば)っちゃったな」

目的地の晶龍峡には透明度の高い美しい清流「勾玉川」が流れており、中流の一部には河原にキャンプスペースを設けている。

今回は観光だけでなく、家族四人でキャンプも楽しもうということになり、アウトドア派の父が張り切った結果がこのざまだ。

自宅のあるエリアから二時間四十分ほど車を走らせ、すでに天科県は仙ノアルプス市、晶龍峡を抱く「仙山」の麓まで来ていた。

時間が経過するにつれ、徐々にカーブが多くなり、角度も急になっていく。そのたび私と妹はシートの左右に揺られそうになるが、埋め尽くす荷物のお陰で、そこまで踏ん張る必要もなかった。

朝に感じていた嫌な予感は、このときも変わらず継続されていた。

夏休みの家族揃っての遠出に、普通の小学二年生ならさぞ浮かれているところだろう。だけどこの日は、残念ながら一般的な大人達が良しとするであろう、そんな小学生らしい小学生の配役を承ることすらできなかった。

前方にある、助手席シート背面の細かな千鳥柄の模様を、ただ黙々と数え続けている。もしこの千鳥柄が本物の千の鳥であったなら、あまりの真剣味と集中の持続に、日本野鳥観察の会がスカウトのため揉み手で私のもとへ列を成しただろう。

車を走らせるにつれ、次第に密度の高まっていく周辺の喬木林。それらが腕を広げ、贄となる人間を迎える悪意を持った魔物のようにすら見える。

車の中にいてもなお、だんだん気温が下がっていくのが分かった。

これは決して不思議な現象というわけでもなく、都市部から山にやって来たからそう感じているだけなのだけれど、それもまた、私の不安感を増幅させるのに効果的な役目を果たしている。

「私もお魚釣りしたい！」

「キララには危ないわ。母さんのお料理手伝ってちょうだい」

「お料理！」

終始不機嫌顔の私だったが、車内が険悪な空気になることはなかった。

初めて行く晶龍峡とキャンプに心底浮かれた様子の妹が、私が全うすべき分のいわゆる子供らしい子供の振る舞いという仕事をも見事に受任してくれており、窮屈なワンボックスの車内のせせこましさを和らげていた。

「キララ、そんなにはしゃいでたらまたすぐ寝ちゃうよ」

「寝ない！　りゅうさんに会うもん」

幼い妹にとって、やけに設定の凝られた晶龍峡の龍神伝説は刺激が強かったようだ。以前に両親から聞かされた伝説を、このときもなお熱心に記憶しており、彼女いわく、お友達になると言って聞かなかった。

父自慢のドライビングテクニックで、曲がりくねった山の麓を華麗に進んでいく赤色のワンボックス。大人になって振り返れば、それはあくまで自称のところであり、実に荒々しい運転なんだけど、私は嫌いじゃなかった。

喬木の林は静かで、風はあまり吹いていないようだった。

一度、道路脇の植物が激しく動いて驚かされたけど、車道を横切る猪の親子だった。車は急停車した。ひとときのスリル体験を各々の感覚で言い表し、共有し、広葉樹の葉が日差しを遮り、午前中とは思えない薄暗さとなっていた車道で色鮮やかな笑顔の花を車内にパッと咲かせたのち、また同じ速度で車は走り出した。

徐々に急になっていく勾配も手伝って、後部座席の私と妹の膝の上をビーチボールが飛び跳ねる。

妹はとても楽しそうだ。父も母も、普段はあまり明るい感情をストレートな言葉にはしないさばけたタイプではあったけど、このときは家族水入らずのひと時を、言葉には表さずとも、大いに満喫しているように見えた。

私の予感などは微塵も当たることなく、こんな時間が今日の日の終わりまでずっと続いてほしいと思えた。

キララの名付けには、彼女が母のお腹にいるときの、のちに兄となった私の発案が採用された。

最初に晶龍峡を訪れて以降、私は次第に天然石に強い興味を抱くようになっていった。父に買ってもらった、気味の悪い柄をした翡翠の球状石を大事に飾り続けており、それどころか日常的に持ち歩いてさえいるのは、そういうことである。

アンモニアガスに支配された、見るものすべてを今にも飲み込みそうな大惑星木星が、いつも手のひらに収まっている。そんな不思議な感覚も、何がどう良いのか、決して説明できるわけでもなかったけれど、なぜか気に入っていた。

大赤斑よろしく浮かんだ、巨大な目玉のような模様と目が合うたび、気を許し合った友人と意思疎通ができたような気分にもなれた。

時には実際に、語りかけることとも。児童期の長男や一人っ子に見られがちなイマジナリーフレンド、いわゆる心理学上の「空想の友人」のような役割に、私はその翡翠石を採用していたのかもしれない。

家族で住む戸建て住宅には、幾分か余裕をもってガーデニングもできる程度の、八坪ほどの庭がある。

母の趣味で、そこには年中どの時期にも季節の草花が育てられており、比較的都市部に住みながらも、自然溢れる環境で生活が送れていた。

この点において、アウトドア好きの父もまんざらでもない様子。当然、物心つく前からそのような家で育った私もまた、身近に緑ある暮らしこそを日常としていた。

当時一人っ子であった私の、両親が構ってくれないときの遊び場は、だいたい家の庭であった。

葉についた青虫や、細枝に産み付けられた蟷螂の卵、オーロラに輝くヒガシニホントカゲ、愛くるしいシルエットのダンゴムシなど、遊び相手に事欠くことはない。

掘り出したミミズをビニール袋に入れて育てようとしたときには、母に随分な剣幕で叱られたものだ。そこへきて、青虫やトカゲには可愛いとの賛辞を贈るのだから、人間様というのは随分な贔屓主義である。

庭の土をいじっているとき、なぜだか目を引いてならない輝く土がずっと気になっていた。それは、母がガーデニングで使っている培養土に混ぜ込まれたバーミキュライトだ。吸水性と排水性、さらには断熱性や保温性にも優れた、雲母系の鉱物を主原料とする優秀な素材であり、園芸用品においては比較的知られた存在でもある。金属成分も微量に含んでおり、光沢のある金色をしているのが特徴だ。

幼い日の私は、その美しさにどうも心惹かれており、せっかく母が土に混ぜ込んだそれだけを穿(ほじ)り取って収集するといった、発掘作業のような趣味をもっていた。

指で潰せば、妙に楽しげな感触を伝えながら、薄い層が積み重なった構造に蓄えられた水分を滲(にじ)み出す。何度もやっていると、金属成分が分離して、私の手指を金色に輝かせる。実際に幼少期のレン少年は、それを高価な鉱物である黄金だと疑わず、なぜ両親や世の中の人々はこれを集めて億万長者になることをしないのかと、不思議に思っていた。

ある日、バーミキュライトの主成分である「雲母」について調べると、同じ漢字を用いて「きらら」と読むことを知った。

心を掴(つか)んで離さない黄金の輝きを放つ存在の主成分にして、何だか可愛らしい響き。投票権を持っているのかどうかさえ危うい、〈一家長女命名総選挙〉において、私はその案で一票を投じた。

だけどさすがに「雲母」の漢字を当てると、別の読み方である「うんも」の音が、お馬鹿真っ盛りの少年心を捩らせてならない。

協議の末、私と同じく両親もまた「きらら」の響きを気に入ったこと、そしてのちの兄となる私の提案であったことが加味され、片仮名の「キララ」が、妹の名に採用されたというわけだ。

文字通りのキラキラネームを、時代先取りで授けたセンスは、子供ながらにさすがであったと、今でも得心している。


「キララ、全然起きないね」

キャンプ場に着いた頃、道中の車内ではしゃぎ疲れた妹は、私の忠告通りに、散乱する荷物の中で、見ているこちらが気持ちよくなるほどの寝顔で、グースカと眠りに落ちていた。

しぼませた、ちょっとしたミニボートサイズの浮き輪が、ちょうど良い寝床の役割を果たしており、父自慢のドライビングテクニックによる乗り心地から、ただ一人平穏が守られている。

「いいわ。起きるまで寝かせておきましょう」

「そうだな」

父と母は残酷だ。前日から、いやそれよりも以前からこの日を楽しみにしていた妹を、目的地に到着後もなお、そのまま寝かせ続けることを選択した。

その方が、キャンプの準備がスムーズに進むというのも、思惑の一つであったろう。といっても、一分一秒でも今日の日を逃したくないキララの気持ちは、年の近い私には容易に想像がついた。目覚めた途端、この世の終わりのような破滅感に包まれ泣きじゃくるに違いない。いや少なくとも、私が妹の立場ならそうなるだろう。

そんな同情に浸る間もなく、私は両親のキャンプの準備の手伝いに動員された。

キララの寝顔の愛くるしさときたら、バーミキュライトより、いや実際の黄金の輝きでさえ比じゃない。

この先、どんなことがあっても兄として彼女を守っていきたいと、少しばかり首筋にむずがゆい感覚をも覚えながら、言葉に出さず、頭の片隅だけで、いるかどうかさえ分からない、渓谷の龍神様に誓った。

人が流されるほどではないものの、比較的流れの力強い勾玉川中流の清らかな音、純真無垢（むく）の鳥達の声、辺りを埋め尽くす、丸く角の取れた河原の石々を踏みしめるときの足音が、束の間、日常の喧騒を忘れさせてくれる。

空は快晴。遥か遠くには、綿飴のような入道雲。夏めく。

2

私はライフワークの一つとして、ブログ執筆をおこなっている。

近年においては、ＳＮＳことソーシャル・ネットワーク・サービスが覇権をその手にしており、少々下火の雰囲気もあるブログだが、世界にただ一人の「翡翠の眼の男」が執筆するブログともなれば、アクセス数に事を欠くことはまずない。

ブログ名は、気味の悪い木星のような目玉への自虐も込めて、『Jupiter Eye』とした。

私の右眼が翡翠であることが報じられたとき、瞬く間に情報は世間を駆け巡った。

日本は元より、世界的にも例を見ない症例、いや怪奇現象、奇跡ですらあるからして、当時は地球規模で話題になったと聞かされている。

そんな知名度の高さから、このブログは海外からのアクセスも凄まじい。

ワールドワイドな風潮も伴い、日本語の投稿と共に、プロの翻訳サービスを利用して英語の文章も投稿している。

私が利用するこのサービスは、契約から発注、納品まですべてウェブ上で完結でき、私相手でもちゃんと取り合ってくれるのが有り難い。

奇しくも著名人となってしまった私だ。さすがに無料で利用できる自動ウェブ翻訳は心許ない。

とりわけ人気が高いのは、私のスピリチュアル系の投稿だ。この右眼には、黒い靄が見えるから。

黒い靄が何であるのか、実は私自身にも分かっていない。

ただ、この靄が体の周囲を取り巻いて見える人は、総じて不運であったり、体調を崩していたり、心に悩みを抱えていたり、狂暴であったり、自傷していたり、他者に害を与えていたり、決して幸福と呼べる状態ではないということは個人的統計において感じ取っていた。

靄は他人だけでなく、私自身に生じることもあり、それもまた視認することができる。つまり、どういう状態であれば黒い靄が生じて不幸になり、どう心掛ければ幸福状態を維持できるのかが、見えるのだ。

黒い靄が見える翡翠の眼の能力は、――例外的関係性であるリュカを除いて――もちろん誰にも言えない。

もし第三者や世間、研究機関にまで知られようものなら、それこそ、私自身があらゆる不幸に見舞われることが自明の理である。

現状でもなお、すでにあらゆる障害の中で、のっぴきならない暮らしを強制されているというのに、だ。

ブログで人気のスピリチュアル系投稿では、特に理由を添えることなく、幸せになるためのワンポイント・アドバイスのようなものを綴（つづ）った。

自己啓発や幸福論などというものは、もはや出尽くした感すらあるジャンルだが、何を隠そう私のそれは、きれいごとなどではなく、紛れもない再現可能な真実のアドバイスに他ならないため、実際にやってみて、事実悩みが解消された、人生が改善された、長年の疑念が氷解したという口コミが止めどなく湧き出でて、またさらにその口コミが口コミを呼び、読者数はあれよあれよの間に膨大な規模となった。

ウェブサイトのアクセスが膨大であるともなれば、広告収入の話が外せないのが現代という時代である。

昨今においては、ウェブに詳しい人物でなくても、そういった類いの知識を持ち合わせているだろう。各種ＳＮＳや、無料動画投稿サイトにおいて、若い世代、ましてや中学生や小学生までもが熱心に内容を研究し、稼ぎを得ようとする時代である。

挙句の果てには、ウェブ投稿の広告収入で稼ぐための方法を紹介するウェブ投稿、また商材を売るための商材等々、混沌を極めている。

だけど、私のブログにおいてこのような商売っ気は必要ない。そう、必要がないのだ。

私は齢二十五にして、金銭に一切の不安を持つ必要のない人間となっていた。

家族にまつわるらしいお金に、失った眼の保険金、そして何より、国や海外の研究機関からの協力に対する巨額の謝礼金が、黙っていても笑いが出るほどに振り込まれ続ける。

かといって、本当に馬鹿笑いしながら、入ってくるお金を湯水の如く乱費して何もせず過ごすわけにもいかず、こうして『Jupiter Eye』を通して、文字通り特別な視点を世の中に発信することで、生身の人間である感覚を何とか保ち続けている。

第一、世界唯一の特性を持つ、顔の知られた私が散財しようにも、一挙手一投足を世界中から見張られているわけであり、そのようなことは土台不可能なのである。

人権などというものは、生憎ながら、独り立ちしたその瞬間から微塵も有してはいない。

私は、人とは違う異形の眼を持ち、人とは違う世界レベルの知名度を持ち、人とは違う幸福になるための知識を持ち、若くして莫大な不労所得を得る大富豪だ。

どこへ行っても、どこにいても、溢れるのは異物を見る目、嫉妬の眼差し、誹謗中傷の大合唱、擦り寄る詐欺師の甘言、こちらを直視するスマートフォンのカメラレンズ群。

このご時世にいち一般の日本人が受ける待遇としては、まったくもって信じ難い同情に値する有様だが、「あいつは特別だから」のただ一言で、この国は、いや世界は、私の人権を認めようとしない。


ブログ執筆に熱が入り、すっかり夜も深まった、早朝午前三時過ぎ。

外からサイレンの音が聞こえたかと思うと、警官が五人がかりでうちの部屋に押し寄せてきた。

生まれてこの方、二十五年の人生を過ごしてきた私だが、恥ずかしながら、警察のお世話になったのは一度や二度じゃない。かといって、逮捕歴や犯罪歴があるわけでもないけれど。

ガンガンガン！　ガンガン！

「開けてください。警察です」

一人で暮らすようになり、この天科県に住み始めてから、何度この人達の顔を見たことか。呼び鈴が壊れていることもとうの以前から知っている彼らは、深夜という時間帯を気にもとめず、呼び鈴に一度も触れることなく、〈悪意に満ちたノック〉で我が家の軟弱な扉を叩いてくれる。

ところで、なぜ莫大な資産を有していながら、このようなぼろく居心地の悪いアパートに住んでいるのか。

もちろんそこにも、理由はある。

〝翡翠の眼のあるところ、不幸が訪れる〟

私がそこにいるだけで、前述のような悪意を持った有象無象がひっきりなしに現れては、無法の限りを尽くし荒れ狂うのだ。

そのため、本名さえも世界的に有名な私は、まともな不動産契約すら結べない。トラブルを危惧する不動産屋は、私の眼を名前を見るや否や、入居や購入を拒む。どれだけの金を積むと提案しても、だ。

私という人間は、金銭にすら代えられないリスクであると認識されているようなのだ。

このアパートは、流行(はや)りものに疎い、年老いた個人の不動産屋が所有する物件。都合により内見なしで契約したいと伝えると、一度も対面することなく、電話と文書のやりとりのみで入居することができたただ唯一の住まい。

つまり、この部屋以外に私の住む家なんて現状存在しないのである。

日本有数の過疎県天科県は天科市の、中心駅に比較的近い住宅地の一角、窓から見える位置に賑わい皆無の商店街がある、ぼろアパート四階角部屋ワンルーム。無論、ご多分に漏れず、数多(あまた)のトラブルを呼び寄せてしまっているわけだが。

私はドアスコープから、訪問者が見知った警官達であることを確認したのち、チェーンロックを付けたまま、ゆっくりと無言で扉を開いた。

「天科警察です。近隣から、室内で事件が起こっているかもしれないとの通報がありました。室内を見せてもらってもいいですか？」

扉の一番近くにいた、五人の警官のうちリーダー的人物であろう若めの男性警官が、はっきりとした口調でそう言った。その後ろには、肥満気味の同じく若い男性。

最後方、共有スペース手すりを背にした、定年間近であろう可能性も窺える、白髪の目立つ高齢の男性。

階段の踊り場で逃げ道を塞ぐ、決して体型が乱れているというわけでもないが、あくまでスタイルのジャンルの一つとしての、少しばかり腰回りがしっかりとしたアラサー年代ぐらいの女性警官。

そしてもう一人、玄関からは視認できなかったが、お隣宅の住人に自分達の到着を知らせ安心させる、若い女性警官らしき人物の声が聞こえた。

「事件なんて、ありませんが」

「あくまで任意です。見せていただけないということですね」

「待ってください。また、お隣ですか？」

「まずは、このチェーンを外してもらえませんか」

事を荒立てたくなかったので、さっさと事情を説明して帰ってもらうべくチェーンを外すと、五人のうちリーダー的な若い警官と肥満気味の男性警官の二人が、ずかずかと上がり込んできた。依然、高齢の警官とアラサー風女性警官は、外で見張りをしている。

別に、驚きなどはなかった。一時間ほど前の一件を、お隣が騒ぎ立てているだけだろう。

「近隣の方より、怒鳴り声が聞こえるとの通報がありました」

「ああ、それ。だと思いました。夜遅くにいきなり壁を強く叩かれたんです。入居してから、幾度とされ続けているので、限界がきて注意をしただけです。隣でしょ？」

「詳しくは話せません」

うちの隣には、すらっとした体型の男が住んでいる。実際は、男の恰好をした背の高い女性、なのだけれど。

年齢は、私より少し上ぐらい。声も口調も服装も男性なのだが、集合ポストの郵便物が差し入れ口から飛び出していて、ふと目に入る機会があって、このアパートの住所と隣の部屋番号の下に、「ユリア」の宛名が書かれていた。

入居契約時に、このアパートでの一人以上の居住は不可であることを確認していたので、本人の名に違いない。中性的な名前も増えているらしい昨今だけど、男性で「ユリア」はそう見ない。

私は、警官に事情を説明した。事件が起こっているといったわけではなく、非常識な深夜の壁殴りがあまりにも酷く、それを常識的な言葉で注意しただけだと。

肥満気味の警官はのっそりとした足取りで、キッチンの気持ちばかりの収納やカーテンの裏側、クローゼット、パソコンの周辺などを調査している。

調査といっても、物音立てず、気持ち程度に覗き込んではまたすぐに移動するといった具合で、怠慢的かつ体裁的流れ作業という印象が強く感じられた。終始、締まりのない笑い顔であることも、その印象に拍車をかける。

リーダー的な若い警官は、私の主張を聞こうともせず、私より二、三センチ高い視点から見下すような視線を向け、口だけ動かしこう続けた。

「通報者の方は、事件性があると」

「そんなものは、ありませんよ。事件のあった部屋に見えますか?」

飾り気も何もない、質朴な室内に顔を振り、改めて確認するよう促す。

うちには最低限の物しか置いておらず、荒れた様子など感じさせない。読書を好むが、大半は電子書籍でパソコン内に収めている。インテリアなどもっての外だ。狭い部屋を余計に狭くしてしまうから。来客なんてないし、あっても気の知れたリュカ程度。

　リーダー的な警官は、私の問いかけに応えて、目線を外し、室内に目をやった。これで文句はないだろうと胸を張って一緒になり室内を見回したが、薄汚れた老人じみた色味の絨毯や、小さな羽虫の死骸が多数溜まった照明フード、黄ばんだ壁が目に飛び込み、自分の生活環境の劣悪さを再確認する形となり、むしろ背を丸めたくなった。

　警官が感想を述べるより先に、私は続けた。

「そんなことより、お隣の壁殴りの癖、何とかなりませんか。むしろ隣の部屋の方が、事件の起きている可能性が高いと思うんですけど」

「隣ですか？　大丈夫です」

「確認しないんですか？」

「ええ、大丈夫なんで」

「通報があったから、うちに来てるんですよね。僕のこれも、通報です。僕の訴えは信用しないんですか？」

「はい」

「……何だよそれ！」

　不意に、少し声が大きくなってしまった。開けっ放しの玄関正面からこちらを凝視していた高齢警官の筋肉と表情がふと強張り、警戒を強める。

「また……ですか。恐いですねえ。住民トラブルは、管理会社や大家さんに確認なさってください。民事は警察の管轄外ですから」

「またって……、僕が何をしたと」

「ああ、いえ。とにかく、事件でないようでしたらこれで失礼します。そっちは？」

相変わらず顔に締まりのない肥満気味の警官へ、声をかける。

「異常なしです」

「うん。じゃあ」

さも初めから異常などないことを確信していたように、結局最後まで彼らは大した調査などもせず、そそくさと玄関から出て行く。

「待ってください」

私は呼び止めた。

「何か」

「そういえば、一度もあなた方の警察手帳を見ていないです。普通、任意の調査といっても、かならず見せるものじゃないんですか。手帳を見せてもらえませんか」

玄関の向こう側から、全員で揃ってこちらを見る警官五人に対して、できる限り凄んだ目つきになりそう言った。あまり威嚇的な態度を得意とする方ではないけれど、翡翠の眼が十二分の迫力を付加しているに違いない。

「それはちょっと。あは、あなたに名前を知られるのは、ちょっと怖いんで」

小さく笑いながら、リーダー的警官はそう返した。それを聞いた他の四人も、相槌を打つように、一斉にくすりと嘲る。

「天科の警官って、誰でもやれるんですねえ」

警察手帳を頑なに見せなかった五人に対し、そう言い放って扉をゆっくりと閉めた。

五人は、気持ちの伴わない、あくまで形式的な「夜遅くに失礼しました」との挨拶と共に、それは上手に頭を下げた。

汚泥の雨に打たれたような、酸化した生温い揚げ物油を食道に注いだような、酷く不快な感覚が残ったけれど、叫ぶわけにも、ましてや壁を殴るわけにもいかず、その感情はただ黙して飲み込んだ。

胸元を見ると、その感覚をそのまま具現化したような濃い色味の黒い靄が、翡翠の右眼を通して、べっとりとこびりついて見えた。

結局、隣のユリアも、警察という国家機関でさえも、あらゆる「特別」を持ち合わせた私に対して、遊び半分で嫌がらせをしているに過ぎない。

いやそれだけではない、街中のすべての人間が、日本中、世界中が、である。

つまり、この程度の不快なもてなしは、日常茶飯事なのである。

そこに何らかの意思や計算があるわけでもない。息をするように、食事と排泄を繰り返すように、浮き沈みとは無縁のトップアスリートのルーティンのように、彼らは脊髄反射的に、ただその行いに身を委ねる。

この醜い右眼からは、どうも人間という生き物がよく視える。

3

「晶龍峡？」

「そう」

右眼が薄気味悪い木星のような翡翠玉になる前の記憶について、質の良いロッククリスタルかダンビュライトのように澄んだ輝きを秘めた眼で、興味深げにリュカが尋ねる。

「小学校二年生の時、家族で晶龍峡に観光に訪れたらしい。あそこに行ったというのが、眼が翡翠になる前の最後の記憶」

「それで？」

「それだけさ。行ったと言っても、行った、という結果だけの記憶。何をしたか、何があったかは思い出せない。それに、その年代までに享受すべき一般的な知識は普通に残っているんだけど、そこに一つたりとも思い出は伴わない」

「え？」

「勘弁してよ。僕はその後意識を失って、以後四年間、国内外の研究施設を点々としながら、植物状態で眠り続けていたんだから。気がついたときには、僕は十二歳で、黒い靄が見える翡翠の右眼で、ドイツのノルトライン＝ヴェストファーレンの病院にいたんだ。まともじゃない」

私は眠り続けたままだったが、生命維持に関してはむしろ良好な状態であったという。

前代未聞の症例ということもあり、植物状態のままで、国内外あらゆる施設をたらい回しにされて、目を覚まさせる方法や、石の球が眼球として定着している理由やメカニズムの研究、データ収集などがおこなわれていたそうだ。

ノルトライン＝ヴェストファーレンには、州都デュッセルドルフをはじめ、先端医療が充実した研究機関が集結しており、同じく高度な医療技術を誇る、隣接するオランダやベルギーの機関への移動にも適している。

また、日本国内でもトップクラスの医療機器生産を誇る福島県との交流が深かったことも、私がそこに送られた理由の一つとなっていた。

目が覚めたそのとき、何が何だか分からない状況に、十二歳の少年は酷く混乱を極めたが、ドイツ随一の人口密度と都市部を誇る州の中心部とはいえ、味わい深い古い煉瓦造りの家々や、辺り一帯に広がる農家の畑、雄大な流れを湛えるライン川やその支流ワール川など、心癒す環境に囲まれていたのは幸運だった。

そして何より、青や緑の眼をした人々は、眼球全体が翡翠となった私にも優しく、当時幼かったこともあり、それはそれは良くしてくれた。人生の後半には、この国に戻りたいと、心からそう願っている。

「帰国子女なんだ！　そういえば私、あなたと長くいるけど、昔の話ってあまりしたことないね。ドイツ語しゃべれるの？」

「どこに食いつくんだよ」

彼女の無邪気さは、私の背負った数奇の人生の重みを、何度も軽くしてくれる。つい先ほど愛し合ったばかりだというのに、私の腕を枕にして横たわる裸体を、また再度抱きしめたいと思った。

今年の厳しい日差しに焼かれたのもあるが、リュカの肌は生まれつきという程よい褐色を帯びている。

日焼けサロンで焼いたようなはっきりとした色でなければ、目を凝らして初めて察せられる程度のささやかな度合いで、かといって品性に欠けるくすんだ色でもない。

正確に言い表すには例えるものがなかなか見当たらないのだが、私はその色味を、高級蜂蜜を纏ったタイガーアイだと認識していた。舌を這わせれば、それはそれは高貴で甘美な風味が、口内と脳、そして心へと広がる。

造形品のようなボディラインを指でなぞる。体の中で、血液の川が勢い良く流れ巡る感覚を覚えた。

脳内に飛び出す、得体不明の幸福物質。その物質は、或いは蜂蜜そのものなのかもしれない。

脳の大半を占領する、苦味に満ちた凝り固まった酸化物質を、その甘さで優雅に溶かす。

蜂蜜は涙腺からも溢れ出てきたようで、左眼の視界を、そして翡翠の右眼の視界も同様に、平等にその琥珀色で潤し、やや広めのラブホテルの一室を、この世ではない黄金の快楽の園に変えた。

「さっきもしたよ？」

「うん、もう一回」

笑うとき、軽く眉間にしわを寄せる、困ったような笑い方が、とてもキュートだ。キュートより、ビューティーの方が彼女を讃える言葉として相応しいのだが、私はその笑い顔をキュートだと思っている。

リュカは自分の下唇を軽く舐めたあと、目をぐっと見開いて、上目遣いになり、私の体を覆いかぶさる体勢にいざないながら仰向けになった。

それはそれは長い脚で、私の腰を包み込む。切り揃えた前髪が右側一方に流れ、普段とは少し違う表情になる。

「おい」

「ああ、ごめん」

リュカの魅力に酔いしれながら、脳内に浮かび上がる彼女を讃える文章を何度も反芻しているうちに、私のそれは元気を失っていた。

「てめえ」

「違うんだって」

わざとらしい怒り顔を少し見せたあと、またすぐに表情を解くリュカ。

「ふふ。また、いつでもできるわ。それより私、楽しいこと思いついちゃった」

「セックスよりもかい？」

「それはあり得ないわね。だけど、いい感じ」

「聞かせてよ」

美しい女性を期待させておいて、その期待に応えられないというのは、男としての尊厳をとにかく喪失させてならない。いや、この人生においてリュカ以外の美しい女性をこの体が知るわけでもないのだけれど。

私のそれを硬くするには幾分か物足りなかった血流だが、格好悪く赤面させるには十分だった。ましてや、気を遣わせたともなればなおさらだ。

とはいえ、彼女が提案した〈楽しいこと〉というのは、私を慰めるための場当たり的な作り話というわけでもなく、わりとしっかり練り上げられた話に他ならなかった。

翡翠の眼には、邪なる黒い靄状の何かは見抜けども、心の仔細までは見抜けやしない。

三

正午、キャンプの設営が一通り組み上がる。

アウトドアに一家言を持つ父にとって、軽ワンボックスカーでも楽々訪れられる、観光地に設けられた手軽なキャンプ場への日帰り家族キャンプとはいえ、抜かりはない。

宿泊するわけでもないのに大型テントを設営したり、魚が釣れ過ぎたらご近所に配らなければいけないからと、それは大層なクーラーボックスを用意したり、雰囲気次第ではそのまま泊まるかもしれないと、全員分のシュラフを積み込んでいたりと、子供ながらに随分と感心させられたものだ。

そのせいもあって、小学二年生の私はこの頃、どこの家庭の父親もアウトドアは当たり前にするもので、どこの家庭の父親もキャンプ知識を備えているのが当たり前なのだと、信じて疑っていなかった。

「よし、カレーの準備をするぞ」

「僕、キララ起こしてくる」

少しばかり歩きづらい、野球ボール程度の石で埋め尽くされた河原を、ガロッ、ガロッ……と独特の足音を立てながら、力強い足取りで車の方へと近づいていく。

　妹は、そのときになってもまだ車内で眠りこけていた。

　食事担当に任命されたとき、まるで宝くじの一等にでも当選したかのような喜びようだった彼女を、さすがに放ってはおけなかった。楽しみにしていた晶龍峡の様子を早く見せてあげたいという思いもまた、足取りを軽くさせていた。

　眩(まぶ)しい陽射しを反射する、車の赤い扉に手をかけ、驚かせないようにそっと開けた。夏の屋外から冷房の効いた場所へ飛び込む瞬間というのは、何と気持ちが良いものか。移動式チート空間の中、やはり彼女は天使の寝顔で安らいでいた。

「キララ、お昼だよ。キララ！」

　体を強く揺すりながら、彼女の名を呼んだ。

　展開は目に見えていたけれど、面白いように予想通りのリアクションを見せた。

「うわあああん！」

　何で到着しているのに起こしてくれなかったのか、自分も設営を手伝いたかった、などといったことを号泣しながら立て続けに訴えかけているようだったが、絶叫にも似た泣き声が被さり、何を言っているのかよく分からなかった。

　この日訪れたキャンプ場には、たまたま私達家族四人以外の利用客がいなかったから良いものの、もしその絶叫を事情を知らない第三者が聞いていたとしたら、誘拐でもあったのか、熊にでも襲われたのかと、酷く心配して駆け寄ってきていたことだろう。

こちらを見ることもなく、私が兄であることすら確認せず、それはそれは痛快にポカスカと殴りつけてくれる。

私が何をしたと言うんだ。むしろ、両親の放置しておくという方針に反対して、起こしてあげようとさえ思っていた側だというのに。

「きらい！」

自身が夢の中にいる間の私の気遣いなど露知らず、容赦なくその三文字を投げつけてくる。

下のきょうだいができると、何かと我慢させられたり、面倒を見させられたり、両親からの愛情が希薄になったりするから大変だとよくいわれるが、あれは紛れもない事実である。

いや、うちの家族に関しては、兄であっても妹であっても、わりと扱いは淡泊だったりするけれど。

泣きじゃくる妹に靴を履かせて、柔らかく小さな手を握り、母が食材を下準備するパラソルの下へと引っ張っていく。ガロッ、ガロッ……という、河原ならではの足音。

妹はほとんど自分で歩こうとせず私の膂力に頼り切っていたので、後方から聞こえる足音は、カロカロ、カラン、ガラララ……などといった、頼りなくまばらな、締まりのない音となっていた。

「あらあらお兄ちゃん、しっかり者ね。キララももう大きくなったんだから、ちゃんと母さんの手伝いして、父さんとレンに美味しいご飯を作ってあげましょうね」

この日の母は優しかった。久しく聞かなかった分かりやすいねぎらいの言葉に、一瞬だけ、自分が兄以前に子供であることを思い出すことができた。

その感覚は、キララもまた共有してくれていたようだった。それまでの大泣きが嘘のように泣き止んだかと思えば、それはそれはしっかりとした足取りで、不安定な河原の石を踏みつけて、ガロガロガロッ……と耳心地よい音を鳴らして母の元へと駆け寄った。

さっきまで、呼吸困難にでもなりそうな泣き方で、鼻水を垂れ流していたというのに。

私の苦労は何だったのだろう。

そう、下のきょうだいができた長男というのは、いつだって損な役回りが回ってくるものなのだ。小言でも言いそうになったが、妹の機嫌が直ったという収穫の方が比重を占めていることは明らかだった。

諦めて、一人で楽しそうに川辺で水切りをしている父の方へと向かった。

今朝、家を出る前に感じていた、何とも言葉に表現し難い不安感は、このときすっかり解消されていた。いや、開放的な自然の中、目の前のことに熱中していたために、忘れてしまっていたというのが正解だろう。

川の水に触れると、夏の暑苦しさを忘れさせる清らかな冷たさが、指先から伝わってきた。エメラルドの輝きが、清涼感をより一層際立たせている。

無色透明の美しい川でも、一定の水深があると、光の拡散によってエメラルドグリーンに見える。これはむしろ、美しさの証だ。日本有数の水質の良さを誇るここ勾玉川もまた、例外ではない。

せっかくのきれいな水なので、私はポケットに忍ばせていた、家から持参したお気に入りの翡翠の球をそっと浸し、洗ってやることにした。

一人っ子のときの話し相手であった球だけれど、妹ができたそれ以降もなお、変わらず時折話しかけていた。

「晶龍峡で生まれたんだから、晶龍峡の水はおいしいでしょ」

木星に浮かぶ大赤斑のような目玉模様に向かって、語りかける。

「え？　何だって？」

川の音にかき消されないよう、大声で応答したのは父だった。

「何でもない」

「お！　その石、前にここで買ってやったやつじゃないのか」

「うん、まあ」

「わざわざ持ってきたのか！　お前、いつも大事に持ってるもんな。買ってやった甲斐があったってもんだ。よし、今日も新しいのを一つ買ってやろう」

父は上機嫌だった。二千円程度の安い土産物で、随分と胸を張れるものである。とはいえ実際には、石を買い与えたことではなく、私が誰に言われるともなく、大事にし続けていたことに対して喜んでくれているのだと、大人になった今では分かる。

「いらない。これがいい」

私は迷うことなく、その良心に断りを入れた。そう、この石がいいのだ。なぜだか心を惹きつけてやまない、魅惑の木星柄。何度か落としてひびが入ってしまったけれど、それでもやっぱり、これなのだ。

何より、長年にわたり幾度となく会話を重ねた、私の大事な友人でもある。いや、キララとは別の、もう一人のきょうだいでもあるかもしれない。同じ屋根の下で過ごした歴史でいえば、キララよりも少し長い。

翡翠の球と同じグリーン系等の色味を湛える、勾玉川のクリアエメラルドの清流に、数秒の間、石は滑らかに溶け、そしてまた再度、球の形状へと戻る。水につけた両手の中で、そんな不思議な感覚を覚えていた。

「変わったやつだよお前は。おお、見ろ、魚だぞ！」

良心を断られ、機嫌を損ねるかとも思ったけれど、この日の父はやはり上機嫌で、手に取るように目視できる、水中を元気に泳ぎ回る川魚を指差しはしゃいでいる。

予想もつかない軌跡を描きながら泳ぐ光の線に、私も自然と笑顔になり、一緒になってはしゃいだ。

履いていた靴と靴下を脱いで、ズボンの裾をたくし上げ、比較的浅いところに足を踏み入れる。火照(ほて)った体が急速に冷やされるのが分かった。

魚は、手掴みで獲れそうな距離を泳いでいるけれど、父が手を伸ばすと見事に軌道を変えて回避した。普段はわりと厳しい父が、小さな魚達に翻弄されている姿が、とても面白くて腹を抱えて笑った。

それなりに流れが急だったので、父は私の手を握ってくれた。父の腕は逞(たくま)しく、中流域の流れの中でも、心から安心していられる。

父と私だけになって遊ぶ機会というのも、妹ができてからというもの随分と減っていたので、何だか懐かしい気持ちになった。キララには悪いけど、母さんにも悪いけど、今この瞬間だけは、父さんは僕だけのものさ。

昼食のカレーは、随分と水気の多いシャバシャバとした仕上がりになっていた。言い出したら聞かなくなる性格のキララが、途中から「全部私がやる」と駄々をこね出し、調理の大半を担っていたから。具材のカットや調味については母がやったが、具材やカレールー、水の投入、鍋のお守りは妹が担当したとのこと。

水分量を豪快に間違えたらしく、見た目はカレー色のスープに他ならなかった。とはいえ、仕上げの母のひと手間によって、それなりに食べられる味にはなっていた。

「スープカレーを作ってくれたのよね」

母はその一皿に相応しい料理名を授け、キララの労をねぎらった。

味の薄まったカレースープは、母により多量の薄口ソースといくつかのスパイスが追加投入されて、どちらかといえばカレー風味のソーススープみたいな感じですらあったけれど、悪くはなかった。

よくよく考えれば、そもそもソースという存在自体、野菜や果物をじっくり煮込んで作られた旨味の凝縮体である。そりゃあ、不味いわけがない。スープに浸ったライスを口に運ぶスプーンを持つ手は止まらなくなり、あっという間に平らげ、さらにはおかわりもした。ひと遊びしてお腹を空かせていた父もまた、同じくだ。

妹は満足げに、着ていた子供用エプロンの紐(ひも)を解き、普段キッチンで母がやっている動作の見様見真似で、脱いだそれを手際よく畳んで見せた。

幼い彼女も、あっという間に大人になって、そして私ではない別の家のどこの馬の骨かも知らぬ男と結ばれ、こうして愛情を込めた料理を毎日振る舞うようになるんだな。到底、私の目など届かないところで。

ちょっとませたところのあった小学二年生の私は、まるで嫁ぎゆく娘に目を細める父親か、孫を見守る祖父のような目線で、言い知れぬ憂慮を覚えていた。


「次は、何するの？」

昼前という早い時間に到着できていただけに、二杯目のスープカレーを食べ終えた頃になっても、まだ時刻は十三時前ぐらいだった。スケジュールについては、「晶龍峡に行く」とだけしか伝えられていなかったので、このあとの予定について気になった。

「土産物屋がすぐそばなんだ。見るところも多いし、楽しいぞ。前に来たとき、連れて行ったことがあるだろ。小さな滝もある」

「キャンプ道具は、どうするの？」

「車でちょっと走ったところさ。歩きでも、三十分かからない距離だ。別にこのままでも大丈夫だろう。天気は良いし、風もない。うち以外に客も来なさそうだし、持って行かれる心配もない」

　エメラルドグリーンの清流が豊かに流れ、川魚が優雅に泳ぎ、小鳥囀(さえず)るこの日のキャンプ場は、平和そのものだった。依然として他の利用客もやって来ず、また近接する車道にも車通りはほとんどない。確かに、大した心配は必要なさそうだ。

「貴重品だけは、持っておかなきゃだめよ」

「ああ、その通りだ。念のためな」

「何言ってるのよ、あなたに言ってるのよ」

「え？」

　子供にするような注意を受け、あっけに取られる父の表情を見た私とキララは、ドッと笑った。両親の夫婦漫才は、私達を楽しませる何よりのイベントに他ならない。

「ちゃんとしなきゃ、だめよ！」

「あのなあ……」

　妹もまた、母に倣って嬉しそうに父を注意する。

普段の父なら毅然とした態度で叱りそうなところだけれど、アウトドアパワーが引き続き彼の機嫌の良さを維持していた。

それにしても、グースカと眠りこけたり、鬼子のように泣き喚いたり、大人ぶってお澄ましたり、嬉しげに笑顔を見せたりと、表情豊かな妹である。

4

ラブホテルというのは、日本特有の文化である。ドイツにもオランダにも、同じアジアの中国や韓国にも同じような位置づけの宿泊施設はないそうだ。

アメリカには、かろうじてモーテルという男女の営みによく使われる施設があるものの、これも日本でいうところのビジネスホテルに近く、ラブホテルとはまた違う。

セックス＝H＝変態行為をおこなうためだけの、品性の欠片（かけら）もない宿泊施設が、日本全国そこかしこに点在しているのだ。そこへきて、大人も若者も高齢者も、さも当たり前のように活用している。

需要も数も多いとなれば、進むのは各施設における差別化だ。ビジネスホテルにも近い質素なところから、昭和丸出しの古臭いデザイン、エンターテイメント性に特化されたベッドや照明、カラオケ設備などにこだわったところ、高級旅館やリゾートホテル顔負けのハイセンス空間など、多岐にわたる。

これらすべてが、男女の営みを盛り上げるためのあの手この手の演出なのだから、変態大国日本とは、よくいわれたものである。

随分とラブホテルカルチャーを卑下して語ってみたわけだが、かといって私は敬遠しているわけでもない。むしろラブホテルは、有り難い存在ですらある。

利用者がプライバシーを気にせず利用できるよう、フロントの従業員は顔を隠し手元だけで接客するところがほとんど。最近では、機械操作だけでチェックインをおこない、支払いまで部屋で済ませ、さらには裏口からチェックアウトできるといった、完全なプライバシー保護を押し出す施設も増えている。

変態文化と思いやり文化の融合した施設を、コソコソしながら、それでいて積極的に活用する、まさに日本ならではのカルチャーで笑えてくる。

この仕様は、実に有り難い。なんといったって、この眼を、この顔を、見られずに済むから。

翡翠の眼により、尋常ならない嫉妬と中傷に明け暮れる私は、不動産契約どころか、宿泊施設の利用すらままならない。

他の利用客に気づかれれば、暴徒と化して騒ぎ立てたり、金品の強奪を図ったり、仲間を呼んで集団で押しかけたりと、平穏はまず保障されない。

近年に至っては、ＳＮＳの発達がその傾向をより一層後押ししている。

利用客だけではない。従業員もまた、そんな狂気のレジスタンスと化すことも。

つまり、近隣からの嫌がらせが酷く、自宅で一晩を明かすことさえ憚られるときなどは、日本の恥部のようにも感じているラブホテルこそが、お恥ずかしながらサンクチュアリとなるのだ。

リュカと一緒でないときに、いち宿泊施設として一人で利用することも少なくない。

そんな私の生活ぶりを、リュカはよく注意する。

「ちゃんとしなきゃ、だめよ」

「仕方ないじゃないか」

「あんな頭のおかしいところに一人きりで頻繁に通うなんて、頭がおかしくなるよ」

ホテルで濃密な一夜を過ごした翌朝、私達は古着を主に扱う街の服屋を訪れていた。動きやすい服を調達するために。

それなりの品揃えがあるものの、少々センスを疑いたくなるような、地方特有の痛めの店だ。奇をてらうこととお洒落を履き違えた外観に、近くを通るたび失望していたが、まさかファッションモデルといわれても頷けるセンスとスタイルの持ち主である、リュカと二人で訪れることになるとは。

その外観たるや、昭和の建築家がそのまま現代にタイムスリップして建てたのかと疑いたくなる、目を覆いたくなるチープさのラブホテルといわれても遜色ない。ラブホテルを梯子しているような気分で、奇しくもその店内でラブホテルの話をする私達。こうも「ラブホテル」の五文字を連呼していると、このネーミングのセンス自体も疑わしく思えてくる。

店内には、服だけでなく雑貨のコーナーも充実していた。

古臭い外観同様、商品のラインナップも時代錯誤な印象なのだが、品物の仕入れはなかなかこだわっているようで、六〇年代、七〇年代調の、良い意味で古臭い、いわゆる味のあるレトロな品揃えである。

中には、オーナーの趣味かどうかは知らないが、骨董品のようなものも。

ターコイズをあしらった、いかにもといったゴツゴツしいアクセサリー類は、自分の好みではないものの、石の質の高さに少しばかり目を引かれた。

その他には、古き良き時代の欧米のおもちゃや、農具、ランプ、剥製や骨格標本、リアリティあるトルソーなどが、目を楽しませた。

スペイン語由来と思しき「DeModia」の店名で、欧米かぶれのラインナップというのは、些(いささ)か違和感を禁じ得ないが。

「それ、可愛いでしょ」

背の小さな、髪をくるくるに巻いた若い男の店員が、私が手にとって見ていたマッチの説明を始めた。

さすがは服屋の店員だけあって、ファッションにはこだわっているようだが、ただ流行りものをかき集めて、それらを乱雑に全身に当てがって糸でぐるぐるに縛っただけのような、プロとしての信念を感じさせないコーディネートに違いなかった。

そしてあろうことか、いくつかの黒い靄もコーディネートされていた。

「アメリカのマッチですか。古いですね」

「いいでしょ。それ、何のマッチだと思います？」

「え？」

「店名とか住所とか、電話番号とか、書いてあるでしょ。それ、アメリカのラブホテルのマッチなんですよ。ほら、日本のホテルでも、ただでもらえるマッチを置いてあったりするでしょ。あれのアメリカ版」

店員は、ねちゃりと笑った。

「ラブホテルは日本だけの文化だよ。これはモーテルのものだ」と正そうとしたが、あまりに誇らしげにそう語るので、可哀想になって滑り出そうとする発言に「待て」をかけた。

自身の中では、引きのある営業文句とでも思っているのだろう。随分と自信に溢れている様子だ。

「そうなんですね。洒落てる。いくらですか?」

あったところで使う用事はなさそうだし、そもそも頭薬も湿気ている様子だったので、飾り以外の役には立たなそうだ。

せっかく話しかけられたので、社交辞令程度に、興味を持っているようなそぶりを見せた。まあ別に、買っても邪魔にはならないだろう。

「二百万円」

その発言が嘘だということは、すぐに分かった。輪郭のはっきりとしない細めた目には、商売人としてのプロ意識など微塵も感じることができないし、それどころか、物静かなクラスメイトに虚言を吐き、相手の困る様を見て腹の奥底で嘲笑する小学生の悪ガキのような根性が垣間見える。

それなりの年齢なのだろうが、心身共に、いつぞやのタイミングで成長が止まっているのだろう。面構えに芯がない。

マッチが並んでいる棚に目をやると、隠れていた値札を見つけることができた。そこには紛れもなく、二百円という金額が。

「二百円……って、書いてあるけど」

「いいじゃねえか、億万長者様だろ？　歴史的価値のある掘り出し物を買ったってことにしておいてよ」

敬語すら使うのをやめ、馴れ馴れしく私の肩に手をのせ、小さい男は体重をかけながら言い放った。

「随分、ご丁寧な接客で」

「ああ、そうだ、そのネックレスもつけるよ。アメリカネバダ産の、良いトルコ石を使ってるんだぜ。あんた石好きでしょ？　目に入れても痛くないんだしさ。ぎゃははは！」

「そんな態度が許されると思ってるのか。ここの店名とその発言、僕のブログで公表してもいいんだけど」

人のパーソナルスペースをゆうに飛び越えて馴れ馴れしく絡む態度に、さすがにカチンときたので、私は少しはっきりとした口調でそう返した。

「おお恐わ。冗談も通じないのかよ、有名人様にはよ。冗談だって、冗談！　嘘！」

育ちの悪い子猿のような、知性を感じさせない表情と動きを自慢げに見せつけながら、声のトーンを巧みに変えて、自身の発言に対する責任をすぐさま放棄する男。

男の背後で漂っていた黒い靄が、一層濃い色になって範囲を広げていく。

「それこそ嘘だろ。僕の反応次第で、払わせる気でいたろ」

「普通だって、普通。変わってるなあ、お前。変わってる。眼も頭も！」

会話が成立しないし、そもそも成立させる気がないのだろう。店長あたりが出てきて叱ってくれないものかと期待してみたが、レジ奥のスタッフルームらしきスペースから、誰かが出てくる気配はない。最悪、この男が店長なのかもしれない。

私は呆れ、会話を続けることにさえ嫌気がさした。呼吸と同時に、この男が持つ不穏な黒い靄を吸い込んでしまいそうな距離間にも、不快感を覚えていた。

「……」

「あれ、黙っちゃった？　あれ？　はい、俺の勝ち。二百万な」

「いい年して、恥ずかしくはないのか。プロとして、金をとっているんだろう」

「うわあ、説教始めちゃったよ。変な眼だからって同情されて、勘違いしちゃってんだろうなあ。うんうん、まあ気持ちは分かるわ。可哀想に」

必要以上に顔を近づけ、唾を飛ばす男。

「眼のことは関係ないだろ。不愉快だ。こんな店二度と来ないし、相応の対応はさせてもらう」

ガラにもなく、語気が強まってしまった。

「レン、だめ」

私と男のいる店奥隅の雑貨コーナーとは対角の位置で、レディース服を見ていたリュカが、私の耳元にそっと置くような、ベテランNBA選手のレイアップシュートのような、無駄な力が一切入っていない冷静な口調で、そう言った。

ふとリュカの方を見たあと、ハッとして視界を落ち着かせる。

すると私の胸元に、小さな黒い靄が生じ始めていた。顔の横にも、一つ浮かんでいる。

「こっちだって、てめえの来店なんか願い下げなんだよ。と言うか、さっさと天科から出て行けよな。だけど、まだ逃がさねえぜ？　何か貰わないとなあ。そうだ、金が嫌なら、あの女くれよ。俺、背の高い女マジ興奮するんだよね」

小さい男は、リュカの方を指差した。

するとリュカは、目をつけていたらしい柔らかそうな生地のTシャツを二着ほど腕にかけていたが、それらを必要以上に音を立てながら、ハンガーラックに戻す。大きな目に力を込めて、愛らしい丸顔には似つかわしくない鋭い目つきをこちらに向けた。

「恐い顔すんなって！　だって、俺こいつに勝ったんだぜ。うぇー、勝った勝った。店の二階、ヤリ部屋なんだよ。ほら、行こうぜ？」

勝ち負けの基準もまた、小学生レベルから成長していないらしい。発言や根性、意識の低さからして、人生単位で、いや生物学的単位で劣敗していることに、彼が気づける日はくるのだろうか。

「いい加減にしろよ」

「どうするんだよ？　殴んのかよ？　そりゃいいや。世界的有名人の石目玉男が善良な一般人に暴力か。いや待てよ、その方が儲かったりしてな。慰謝料とか？　取材のギャラとか？　よく分かんないけど。ぎゃははは！」

私はこの運命を恨む。守るべき女性すら、自由に守れないだなんて。

男の周りの黒い靄は、さらに二個ほど数を増やした。私の頭上にも、さらに一つ生じており、靄に囲まれる状況になっている。

「最っ低。行きましょ」

「ああ、ああ、逃げんなって！」

私の方に目配せをしたのち、店の出入り口に向かおうとするリュカだったが、ドタドタと下卑た足音をフロアに奏でながら、距離感覚の掴めない子供のような場違いのスピードで駆けつける小さな男によって、退店を阻まれた。

男の周りに浮遊していた黒い靄が、この瞬間消えたように見えた。だけど右眼を凝らしてよく見たところ、耳や口、鼻から少量の靄が溢れ出ている。いや違う、出てきたのではなく、入り込んだのだ。同時に、いわゆる「ぶっとんだ目」をしている。

男は、人の心を知らない、人の痛みを知ろうとしない野猿のように、表情や心情を察する作業、心の距離を一歩ずつ、一歩ずつ近づける作業、敬意を払う作業等、大人の男女にあるべき工程の一切をショートカットして、すぐさまベタベタとリュカの体へと触れた。

猿の方がまだマシだ。この男を野猿なり子猿なりと表現するならば、むしろ同じ霊長類に属していることに対して申し訳なくなる。

「痛い！」

リュカが、悲痛な叫び声を上げる。まじりっけのない、気泡さえ皆無の無色透明の流水のような声質が、より一層その叫びを悲しげにしている。

あろうことか、男は爪さえ立て始め、リュカの腕を傷つけていた。

ドン！　ドン！

その瞬間、私は心臓を止めそうになった。試着室の方から、強く壁面を叩く音が聞こえたからだ。

日頃から容赦ない隣人からの深夜の壁ドン行為に悩まされている私の恐怖心を、いとも簡単に呼び起こす。

いや違う、音の大きさだけではない。叩き方自体も、強く記憶に刻まれているものであったからだ。〈悪意をもったノック〉。或いは、〈敵意に満ちたノック〉か。

「いい加減にしろよ、下衆店員！　気色悪りい。見てらんねんだよ。ぶっ殺すぞ！」

罵声を声高らかに上げながら、試着室から飛び出てきた細身の男。持ち込んでいたらしい、メンズの服を小さな男の方に投げつける。

いかんせん服はひらひらとした形状だけに、五メートルほど離れていた店員の男のところまで届かせることはできなかったが、空中に大きく広がった。

試着室壁面を叩く音と大声の効果も合わさり、狂気を極めた小さな店員の気を引き、手を止めさせるには十分の役目を果たした。

細身の男は、男の恰好をした女だった。

「ユリア」

「よお、迷惑隣人。おい待てよ、何で俺の名前知ってんだよ。その名前で呼ぶんじゃねえ」

彼は、いや彼女は、まさに深夜の壁ドンの張本人である、アパート隣室に住むユリアだった。ぶかっとしたワークパンツを腰で穿き、生地のしっかりとした、大きめのＴシャツをだらしなげに合わせている。

リュカほどではないが、女性にしては身長が高い方で、ほぼ皆無に等しい主張のない胸の印象も合わさり、一見しただけでは男性と見紛う。髪はムラのある茶色で、リュカよりも長いくらいだけど、後ろで一つ括りにしてすっきり纏めている。だからといってポニーテールに該当するスタイルではなく、あくまで長髪の男性が髪を纏めるときにやるタイプの、一つ括り。

不幸に慣れた、やさぐれた若い男がするような目つきと、前時代的な細い眉毛、ガルウイングドアばりに左右の端が高く上がった、細身のスクエアタイプのメガネが、ひと昔前の田舎のあらくれ者といった印象を醸している。彼の、いや彼女の美学なのだろうか。

何度かアパートの共有スペースですれ違ったことがあり、小言程度に会話を交わしたりしていて、一応面識はあったが、名前を聞いたことはない。

だけど私は、建物の集合ポストにて、彼女の郵便受けからはみ出た郵便物を通して、聞く必要もなく一方的にその名前を知っていた。

「迷惑は、そっちだろ。何て時間に壁を殴ってくれるんだ」

「てめえがうるせえからだろ！　ゴソゴソゴソゴソしやがって」

「そっちからも、同じように生活音は聞こえてるよ」

「は？　意味分かんねえし。そんなわけねえだろ」

「バカげている。同じ壁越しに生活してるんだから、当然だろ」

「意味分かんねえって！　は？　は？　俺が迷惑してんだよ！」

自分の被害には敏感だが、こちらの被害は想像できないようだ。

とはいえ、合理的説明に対して感情論で応戦するあたり、やはり彼女の本質は女性なんだなと、再認識させられた。可愛いじゃないか。いや、あくまで、ジェンダーレス時代には到底相応しくない、前時代的性差理論に他ならないが。

「うちの服に、何してくれてんだよ！」

売り物を豪快に投げ散らかされた小さい店員の矛先が、ユリアの方へと向く。

解放されたリュカは手を口にあて、肩をすぼめながら小さく震えている。腕からは血が滲んでいる。

「うるせえ！　こんなゴミみたいなもんに、値段付けてんじゃねえよ。そもそも古着なんて、ゴミのリサイクルだろうが。ごちゃごちゃ言ってんじゃねえよ」

「そのゴミを、熱心に試着してたやつがよく言えるなあ」

「お？　ゴミと認めたな。さっさと畳んじまえこんな店。だっせえ外観のせいで、天科の景観が崩れてんだよ。てめえふざけんなよ？」

「東京に出張店舗開くぐらい、人気あるし！」

「ぎゃはは！　え、何？　お江戸様のお膝元なら凄いってか？　劣等感丸出しだなあ。田舎の傾奇者服屋が頭下げるから、面白半分で開かせてくれてるだけだろ。二度と勘違いした口叩くんじゃねえ」

小さい店員はリュカから離れ、ユリアの方へと近づいていく。相変わらず黒い靄を体の穴という穴から噴き出させており、また新たに生じさせたものも多数引き連れており、左眼を閉じて翡翠の眼だけで見ようものなら、小さい店員が完全に靄で隠れて見えなくなるほどだった。

ユリアには、黒い靄は確認できなかった。

見るに堪えない泥仕合の様相を呈しているわけだが、リュカから店員を遠ざけてくれたのは何よりである。店員の男から移ったであろう靄の一つが、彼女に付いたままになっているのは気がかりだったが。

「面白いじゃゃん、お前。やんのか？　あ？」

「あれー？　店員が客に暴力ですかー？　うわー恐い。恐いなー」

腕を必死に伸ばして、ユリアの首根っこを掴む小さい店員。

ユリアは店員のくるくるに巻かれた鬱陶しい髪を掴み、結構な力で押さえつける。決して力がありそうではない細身女性のユリアだけど、相手が貧弱かつ小さく、また根性さえ軟弱極まりない男であるためか、優劣は明らかだ。

「あははは！　何これ、ウケる。うわ、有名人もいるし」

「盛り上がってますね。店長、仕事熱心過ぎですよ」

店奥に設けられている、二階スペースへと繋がる階段から、店の関係者であろう男女が下りてきた。メンタル状態が心配になるような化粧の濃い小さな女と、さして特徴がないわりに、服装にだけは随分と気を配った中肉中背の男。

男の方は、折り畳み式の小型ナイフを手にしており、おしゃべりの小鳥のような忙しない金属音を鳴らしながら、得意げな手つきで素早く刃先を出したり収納したりを繰り返している。ナイフの収納部は色付きの金属製で、それがまた何とも見かけ倒しな印象を強める。

いずれも若く、二十歳手前の学生身分程度であることが窺える。

「おお、知ってるぜ？　ここの二階ヤリ部屋なんだってなあ。クーラー効いてる屋内で、午前中から男女二人がテカった顔してお出ましか。この店マジきしょいんだよ」

「だめだ、ユリア！」

新たに増殖した、小さい店員、改め、店長の配下にもまた、躊躇（ちゅうちょ）なく食いかかるユリアを、私は慌てて止めた。

降りてきた二人もまた、黒い靄を漂わせており、また体内からも噴出させていた。黒い靄が何なのか、そしてどのような影響があるかなど知りやしないが、それが見える人は、ネガティブかつ狂気的に変貌するケースが多いことを知っている。

「何で止めんだよ。俺さ、前からむかついてたんだよね、こいつら。努力も知らない若いやつらが、勢いだけで居場所手に入れて、お洒落気取りで勘違いしちゃってさあ」

ジェンダーを超えてエゴを貫く生き方。当人以外の人間には、知り得ぬ苦労があるのだろう。熱を帯びた彼女がふと口から滑らせた「努力」の二文字に、いち迷惑隣人とはまた違った、共感のような感覚を覚えた。

「うまく説明はできないんだけど、危険なんだ。頼むよ」

「馬鹿！　お前らはさっさと行け！　行くところがあんだろ？」

「え？」

「ったくよお。てめえの考えてること、全部聞こえてくるんだよ。頭の中に、直接よ。頭がおかしくなるぜ。壁ぐらい殴らねえとやってらんねえよ」

「聞こえる？　何を言ってるんだよ」

「そんなことはどうでもいいんだよ。それより俺は、許せねえ。無抵抗の女を傷つけるやつが、ヘラヘラ笑ってやがんのがよ。男の風上にも置けねえ」

「リュカのことを、想ってくれているのか」

「うるせえんだよ！　は？　知らねえよ！　さっさと行け！」

　ユリアの言動は、どうも核心を突かない。どうやら、そのような男の不器用さこそをカッコ良しとしており、そんな誰かの像を描いては自己に投影し、その様を演出しているようであった。

　男としてのプライドと、女としてのプライドの両者が拮抗し、はっきりとしたベクトルに至れないというのも、理由の一つかもしれない。

　男女それぞれの視点を持つ彼女の、身も心も小さい男への苛立ちには説得力があった。私の考えていることが分かるというのは、よく分からなかった。

　マシンガンのように言葉を放つユリアの左肩辺りから、墨をたっぷり含ませた筆を至極慎重に水面に触れさせたときのように、ゆっくりと、ぼんやりと、それでいて確かに、黒の靄が生まれ出る。

「すまない、ありがとう」

　リュカ以外から気を遣われるなんて、いつぶりだろう。こと、金銭を伴わない気遣いとカテゴライズすれば、直近の前例を思い出すことは困難を極める。

　後ろ髪を万力で固定されたような思いで、急いで出入り口へと向かう。

「礼なんかすんな、気色悪りい。あとてめえ、ユリアって名で二度と呼ぶな」

「……じゃあ、何て呼べばいいんだよ」

「だから、うるせえんだよ、てめえはよ！」

彼の、いや彼女の叫びは、縄張りを守る野犬の放つ、切っ先鋭い牙を剥き出したような声だった。

けれど、どれだけ男の真似事をして、雄々しい威勢を張ったところで、女性として生まれたからこその本懐というのは消せないものだ。その響きは母性を孕んでいて、私の心の臓を執拗に甘噛みした。

気づけば、店内全体が黒い靄で充満し始めていた。

この靄は、空気よりも重くも軽くもないようで、上昇も下降もせず、ただ中空に留まる。煽（あお）いでも、風が吹いても動じない。

動くときは、個々が意思を持っているかのように、自動的に動く。そのため、それぞれがそれぞれで成長するように範囲を広げている。

無論、これを視認できるのは私の右眼だけなので、他の人間には見えないし、私も私で、右眼を閉じればこの圧迫感から解放される。

服屋を飛び出して、扉が閉まる前にリュカは立ち止まり、肩を支える私を制して振り返った。小さい男に爪を立てられついた腕の傷は、思いのほか深いようで、それなりの流血が起こっている。

その傷口を、もう片方の手で押さえながら口を動かす。

「ユリア……くん？」

「あ？　早く行けよコラ！」

眉間にしわを寄せて、左右の端の上がったスクエアフレームのメガネと、同じような角度になった鋭く細い目をして、リュカの方に声を張り上げるユリア。

「大丈夫だから。何とかなるから」

この状況において、ユリアに対してリュカがとる言動としては、少々違和感を覚えるものだったので、私は驚かされた。感謝の言葉や、申し訳なさを口にするのが自然な流れに思えるが、彼女はそうはしなかった。

「え？　ああ。フン。てめえも大変だな。悪いな」

感謝を口にしたのは、あろうことかリュカではなくユリアの方だった。

「また、お礼をさせてね」

「馬鹿。十分じゃねえか。ああ、それからよ」

「？」

「てめえのオトコに言っておけよ。ブログ、更新サボんなってな」

「ええ、かならず伝えておく」

「フン、さっさと閉めろ」

リュカはその催促に従い扉を閉めることはしなかったが、扉の自重と店舗用ドアクローザーの作用で、良い時間を過ごした今日出会ったばかりの人と人が、目と目で気持ちを交わすうえで然るべき時間だけかけて、自然に閉まっていった。扉は透明のガラス製で、閉まった以降も表情を確かめ合うことはできたが、閉まると同時に、お互いに目線を外した。

私はリュカの肩に手を回し、足早に店を後にした。


リュカがユリアに、「大丈夫」と伝えたとき、私は確かに見た。いや正確には、私の右眼が視認した。ユリアの周囲にあった黒い靄だけが、きれいに霧消した。

この「きれいに」という表現は何とも的を射ていて、一つのカスも残すことなく、靄の生じる直前の状態に、そこだけ時間を逆回しにしたような、非現実的かつシステマチックな光景と共に、空間がクリアになった。ユリアを中心として見た場合の、半径七十センチ分ぐらいの範囲か。

なぜ、リュカはその言葉を選んだのだろうか。

なぜ、ユリアはそのあと、感謝を述べたのだろうか。

偶然という線も決して可能性は低くないわけだが、黒い靄の様子をリアルタイムで観察していた私には、まるで彼女達二人がそれを理解しており、さらには靄が何なのかさえ把握したうえで、やり取りしているように感じた。

　戸建ての店舗から出たあと、また茹だる夏の太陽の下を歩き始めているわけだが、私だけは予想だにしなかった可能性の一端を垣間見て、寒気すら覚えていた。実際に、鳥肌さえ生じている。

　私は私の中の世界観を、覆さなければならないのか。

　そう考えると、まだ十代半ばであった頃のある夜に見た、夢を思い出した。

　宇宙飛行士の自分が、宇宙旅行から地球へ帰ろうとしたとき、地球上のどこかの国のどこかの土地の多くの知り合いや家族がいる場所へ降りるのではなく、ただ地球という直径が肩幅程度の小さな球の上に足が乗り、玉乗りをする大道芸人のような状態となり、宇宙空間に生涯取り残されるという夢だ。

　そのときの、それこそ、心にぽっかりと宇宙空間ができたような孤独感が、大人の私に圧しかかる。

　ユリアが『Jupiter Eye』の読者であったことも意外だったけれど、そのことに対して何ら不安感などは生じなくて、むしろ氷結した精神状態をくるむ毛布のように、温かい気持ちを呼び起こした。

男の恰好をしたユリアという女性に好意をもったとか、惚れた腫れたのそれとは異なる。

ジェンダーの間で、他者には想像もできないようなマイノリティを生きる彼女が、私のブログ投稿を何らかのエネルギーに還元してくれていたのかもしれない。

私は、生きていて良かったのかもしれない。マイノリティどころでない数奇の人生の意味を、見出せるかもしれない。

こちらのポジティブな方の可能性が、ネガティブな方の可能性にも釣り合うほどの比重を占めた。

精神世界の警報フェーズの天変地異は、均衡と秩序を取り戻した。

5

服屋「DeModia」の面する、車通りの多い騒々しい車道沿いを進む。

血を流すリュカに「病院へ行こう」と提案したが、「この程度、かすり傷」などと気丈に振る舞い、昨晩滞在したラブホテルで話に上がった目的地へと、そのまま向かうこととなった。

けれど、さすがにパートナーとして、一人の男として、女性のそんな強がりを承服することはできかねるので、一旦私の家に寄り、止血と消毒をすることにした。

「ごめんね、リュカ」

私は彼女と出会ってからというもの、傷つけたり、頼ったり、迷惑をかけたりしてばかりいる。

奇妙な眼を持ち、絶え間なく投げつけられる数多の嫉妬や中傷の的として生きる私の恋人になると、絶賛、この労苦の共有がセットで付与される。

彼女ほど美しい女性なら、一切の傷やストレスに晒(さら)されることなく、それこそ苦労のくの字も知る必要のない、裕福で幸運に満ちた、常に適温に保たれたラグジュアリースペースで、ごく当たり前に丁重に守られながら、生暖かい愛情のもと、充実の人生時間を過ごせただろうに。

手入れの行き届いた、程よい褐色が魅惑的な、キメの細かい肌の上を鮮血の川が流れる。

それにもかかわらず、ときに冗談めかして私を安心させながら、笑顔を絶やさない彼女に対して、胆を鉄杭で突き刺すような心咎めが襲う。

「人は、好きに言うものよ。何者でもない人間は、何者かである誰かを批判して、自分が何者かになろうとする。そんなことで、現状を変えられなんてしないのにね。誰かに影響していないと、誰かのせいにしていないと、大人しく息をすることすらできない。弱い生き物なの」

「僕は、人じゃないのかな」

「ふふ、面白い」

「君は僕といて、幸せかい？」

「あなた以外じゃ満足できない、なんて言ったら、セクシー過ぎるかしら」

いたずらっぽく笑うリュカ。片膝をつき、腕に包帯を巻く私の目を見つめ、彼女らしい芯のある、それでいて艶めいた声で、そう言った。

私はまるで、一国の姫に忠誠を誓う拝跪(はいき)した従者のようだ。すべての障害を振り払う剣を腰に差した、礼節を弁えた王子であれば、どれだけ良かったことか。

「僕は、幸せ者だ」

「当然っしょ！」

姿勢を正し、揃った前髪を少し揺らして胸を張る。肌質やスタイル、髪型のせいか、私は一瞬、彼女をクレオパトラと見紛えた。

古代エジプトのファラオ。絶世の美女。クレオパトラ七世フィロパトル。

オリエンタルな印象を感じさせるリュカの雰囲気を一言で表すなら、その表現がぴったりなのだ。丸顔のクレオパトラ。いやあくまで、残された資料から現代の人間が想像して作り上げた、イメージのクレオパトラとの一致に過ぎないが。

最初に出会ったときの彼女は、私がこれまで出会った黒い靄を持つ人間の中で、一番濃く、多量の靄を持つ人物だった。

ドイツの研究所で目を覚ましたあと、そのまま現地で約六年間の特別教育を受けたのち、日本へと帰国した。

特別教育の多くは、日本の生活へ復帰するための内容だったので、日本人の先生が中心で、扱う基本言語も日本語だった。

現地の最先端研究所で定期検査を続けながら、記憶を失っていた四年間の教育を補いつつ、さらには社会へ出るための教育を新たに受ける必要があったため、十八歳までそこにいた。

ドイツでも黒い靄を見ることはたびたびあったが、日本に戻って来てからの方が、その頻度や量は圧倒的だった。そんな中でも、特に酷い人物を見つけたのが、まだ天科県に移り住む前の、国が用意した東京都心の研究施設を一時的に住まいとしていた頃である。

私は早くいち社会人として自立したくて、頻繁に街へ繰り出しては、一般社会を目に焼き付けていた。無論、過剰なまでの変装は欠かせないが。

そんな中、渋谷の雑踏で見つけた、黒い靄を生じた人、ではなく、周囲の光を吸収してしまうほどの、ベンタブラックにも引けをとらない極黒の靄の、軽トラックほどはあろうかという巨大な塊が移動していたのだ。

サングラス越しの右眼を慌てて閉じると、そこには闇とは対極の、金色の光を放っているかの如く美しく、可憐な、大輪の花が咲いていた。リュカだった。春先のことだった。

花と見紛う美しさのその女性は、人込み蠢（うごめ）くスクランブル交差点で、絶世の美貌を振り撒いていた。

彼女を囲む、複数からなる同世代の友人達から愛され、いやそれどころか、見ず知らずの間柄であろう、交差点を移動する他の通行人すべてからも、無条件の愛を向けられていた。戦士が王に跪(ひざまず)くように、子兎が生を諦め獅子に命を差し出すように、人が大自然に平伏(ひれふ)すように。彼女の至極自然体の、天真爛漫の笑顔が、威風堂々歩く様が、白昼の渋谷を魅了していた。

黒い靄を抱える人間が、どれほどの劣悪な状態であるか、そのときすでに何となく理解していた。周囲に与える影響もさることながら、自分の心身や運命を責め立てるエネルギーも、尋常ではない。

靄を纏う数人が、立て続けに自殺をした際には、自殺の前兆かもしれないという仮説を立てたことさえあった。そこへきて、彼女の状態は、放っておけなかった。

「あの、僕の眼を見てもらえませんか」

あとで思い返すと、それこそ目も当てられない行動であったと、紅潮を禁じ得ない。

恋愛経験はもとより、社会経験も希薄であった私は、思いつくがままに、注目を一身に浴びるリュカの前に歩み出た。

そして、深く装着したニット帽とマフラー、サングラスを外して見せた。

「あ」

彼女は大きな目を見開いたが、逸らそうとはしなかった。その場を離れようとも。

だが周囲の人間は、じっとしていられなかった。口々に、声を上げる。

「翡翠の眼の男だ！」

リュカが渋谷スクランブル交差点を彩る美しい花であったと同時に、私もまた、日本どころか世界の見世物になった、人目を集める出来損ないの異形の花に他ならなかった。

渋谷駅前は騒然とし、人々は私達二人を中心としたサークル空間を作った。

「あの、大丈夫……ですか？」

私は、そう声をかけた。靄の状況から見て、大丈夫なわけがなかったから。

「綺麗な眼」

大きな目を見開いて、私の翡翠の右眼をまじまじと見つめ、小さく囁くような声で、感想を述べた。

私は、彼女の靄の様子を近くで洞察しようとしただけだったが、次の瞬間、黒い靄は色を薄め、範囲を狭めていった。

同時に、私の心にあった千万無量の苦しみも、濁った液体が何らかの化学反応で汚濁を透過させるように、清らかに消失した。

それが、私とリュカの出会いだった。

それからは、定期的に会うようになって、私が右眼で黒い靄の有無を確認しては、共に同じ時間を過ごす。そして気がついたら、靄が消失している。そのたび私も、心を軽くしてもらう。そんな相互関係は毎年、ちょうど四季が巡るような間隔で続いた。

リュカはさして私の容姿や経歴、世間体を気に留めないようで、とても自然体な付き合いとなった。最初の頃のような巨大な靄を彼女が纏うことはなくなったし、私が、暗くした部屋で孤独に膝を抱え、おぞましい不安感に震える回数も、徐々に数を減らしていった。

お互いがなくてはならない存在になって、数年の時が経った頃、だいたい今から一年近く前からは、恋人として付き合いを始めている。これが、私達だ。

世間一般で言うところの告白らしい告白はないし、今もなお、直接的な恋愛文句を熱っぽく叫ぶようなこともほとんどない。とても自然で、それでいて、とても不思議な関係性でいる。

醜い私などには到底不釣り合いな、美貌のクレオパトラ。

「この眼だから、一緒にいてくれているの？」

腕の消毒を終え、包帯を巻き終わり、コップに入れた、冷やした水に口を付けながら、恐る恐る尋ねる。

コップには、切り子紋様が精緻に描かれた、フランスから取り寄せた、ペアの最高級ブランドグラスを選んだ。金なら、あるんだ。使いどころは、そうないけど。

厚過ぎることも薄過ぎることもない、人間の口元へ液体を流し込むうえでこれ以上ないであろう神業的なリムの仕上がりは、冷蔵庫で冷やしただけの無味無色のミネラルウォーターを、特別な雫へと昇華させた……かどうかは、私にはよく分からないけれど。

「それ、本気で言ってんの」

「そうではない」という回答を期待しながら質問を投げかける私は、なんとみっともない男だろう。口にしてから、気づく。

「分からない。何か、ふと出会ってから今までのことを思い返すと、恋愛らしい恋愛をしていないなと思ってさ。体の関係とか、そういうのではなくて」

女々しい男だ。包帯を巻いた彼女の痛々しい姿を見ていると、あまりの申し訳なさから、自信という自信が悉く消え失せてゆく。

「でさ、ユリアって誰よ。あれ女でしょ」

「え？　ああ、お隣だよ」

「え、待って。私以外に友達とか一人もいないあんたが、隣に住んでる女とは親しげにしてるわけ？　うわー、有り得ない。浮気とか有り得ない」

上体を引き、目を細めて軽蔑の視線をこちらへ向けるリュカ。出会ってからというもの、わりと円満な関係を維持してきただけに、こういった表情は見たことがない。

「待ってよ。ユリアとちゃんとしゃべったのなんてさっきが初めてぐらいなわけで、浮気なんて滅相もないよ。自己紹介をし合ったことすらなかった。僕が名前を知ってるのは、集合ポストのあいつの郵便受けで、たまたま郵便物の宛名を目にしたからだし、会話なんてすれ違い様に小言をぶつけるぐらいさ。

特に酷いのが壁ドン。あれは度し難い。定期的に、深夜遅くに壁が壊れそうなほどの力を込めてうちの部屋を殴りつけてくれやがる。心臓に悪いったらありゃしないね。大家に言っても、相手が僕だからなのか全然取り合ってくれないし、そこへきてユリアの言い分だけは無条件に真に受けて全部僕が悪者。田舎者の村八分文化ほど、笑わせてくれるものはないね。かといって他に住む家の当てもないし、研究施設に戻りたくもないし、とにかく、僕は完全な被害者なんだよ」

「あっはっはっはっ！」

薄汚れた模様の絨毯に長い脚を放り投げ、背部に両手をついて、天井を見上げながら大きく笑うリュカ。きゅっと絞られたウエストの、薄いお腹が激しく波打つ。顔をくしゃっとさせて、腹の底から笑い声を上げている様子だ。

彼女は、続けて言った。

「おしまい」

「そんな……」

また先ほどのいたずらっぽい顔に戻って、その四文字を口にする。一番恐れる展開が、今まさに巻き起ころうとしているのか……、といった一抹の不安もあったけれど、表情を見る限り、遠くへ行ってしまうような相手のそれには見えなかった。特に慌てることもなく、次に発される言葉を待った。

「以上、彼女が彼氏にする嫉妬でしたー。どう？　恋愛らしい、い、い、恋愛らしかった？」

「あ、ああ。あ、そういう……。ああ」

しどろもどろとは、こういう状態のことをいうのだろう。

「言っておくけど、浮気を疑われた男の回答として零点だからね。いきなりベラベラとしゃべり過ぎだから。途中から、ただの不満に変わってるし。最高」

「勘弁してくれよ」

「馬鹿ね。私はいつも、あなたのことを信頼してるの。安心してるの。だから、疑ったり、不安になったりする必要がないだけ。これ、結構大事なことよ」

　リュカはみすぼらしい六畳間の中心で、いつか出会った頃のように、大輪の花を咲かせた。それは、満面の笑顔であるということの比喩ではなく、存在そのものが、纏う空気が、流れる風が、輝きを帯びているという意味合いでの、だ。喩えるなら、黄金、ダイヤモンド。

「敵わないな」

「一応、恋愛経験豊富なんで」

「僕は、ちゃんと返せているかな。君が、僕といてくれていることへの対価を」

「出会い方が、百点。あれされたら、他に何もいらない」

「そうなの？　僕が意図して行動を起こした中での、有数の黒歴史なんだけど」

「世界で私にあれができるのは、あなただけ」

　そう言って、恋愛経験が豊富な人物らしからぬ風に顔を赤らめて、私の額に自分の額をそっとぶつけた。しばらく、そのままでいた。離れ際、軽くだけ唇を重ねた。セックスのときにするそれとはまた違う、妙に甘酸っぱい微風を感じるものだった。

「恋愛らしい恋愛の、キスらしいキスだ」

「考え過ぎたら、また勃たなくなるよ、お兄さん」

「思い出させないでよ」

思考回路が動作を鈍らせていたのは、効きの悪いエアコンによって部屋に熱がこもっていたからでもなければ、多量に使用した消毒のアルコールが気化して酔っていたからというわけでもないだろう。もしかすると、この感覚の名前が「幸せ」なのかもしれない。

「ねえ、早く行こうよ。デート」

窓の外の夏の陽気を前にして、居ても立ってもいられない夏休みの小学生のような無邪気さで、少年のように透き通った声質で誘う。私のTシャツの袖口を引く。長くしなやかな指を、私の手に軽く絡める。茹だる暑さの室内で、汗ばんだ手と手を触れ合っているというのに、不快に感じないのが不思議だ。

そうだ、ラブホテルにいたときに、彼女と約束していたのだった。眼が翡翠に変わって、意識を失う以前、最後に訪れたという事実を記憶しているその場所に行けば、何かが分かるかもしれないからと。

四

晶龍峡を訪れる観光客の目当ては、流麗なる勾玉川の景観や、長い年月をかけて作り出された、自然の彫刻とも讃えられる渓谷の風景だけではない。日本を代表する天然石の産地としての側面もまた、忘れてはならない魅力の一つだ。

古くから質の良い天然石を産出していることから、宝石加工の技術も抜きん出て発達しており、街中には宝石職人を育てる教育機関があったり、全国、さらには世界にも展開する宝石メーカーが多数構えていたりと、渓谷は天科県の歴史を語るうえで、なくてはならない存在となっている。

また晶龍峡は、科学では説明のつけられない、ミステリアスな面も併せ持っている。

確かにこの渓谷では、多種多様の質の良い天然石が採れる。とはいえ、渓谷を抱く仙山、並びに日本に存在する石以外は、採れる採れない以前に、地質学的に、環境条件的に育つわけがない。

ところがここでは、どういう経緯で育ったのか、思わぬところから、海外を産地とする石までもが産出することもある。

もちろん、手柄を上げたい採掘家が、どこぞから持ち込んで表層に埋めて、あたかも晶龍峡で見つけた石のように声高に発表しているといった、稚拙さ目に余る偽装案件といったわけでもない。

エメラルドよりも鮮やかなライトグリーン色を放ち、昼夜変わらずその色味を保持し続けるペリドット。

当てる光の種類によって、青緑と赤、二つの輝きを見せる魅惑のアレキサンドライト。

翡翠に少し似ているが、翡翠よりも青みが鮮やかで、滑らかなスカイブルーを湛えるアマゾナイト。

血のように赤く、エネルギッシュでポジティブな印象を醸す、インカローズことロードクロサイト。

月光をそのまま結晶化したようなムーンストーン。

いずれも海外原産の石であり、日本での採掘は有り得ないとされているが、ここ晶龍峡のみが例外となっている。そしてこれらは、私の好みを基とした一例に過ぎない。

一つの山から、世界中の天然石が採れる。この奇々怪々なる超常こそが、海を持たず、気候にも恵まれず、今なお交通も不便を極め、他にさしたる名産品もない天科県を宝石の国たらしめ発展させてきたというのは、想像に易いだろう。

こと「天然石」というカテゴリーだけでは、県外からも観光客を引き寄せる観光地としては、少々引きが弱いかもしれない。

それでもなお、天科を代表する観光地としてそれなりの人気を博しているのは、この渓谷を強力なパワースポットたらしめる特別な存在があるからだ。

仙山の頂上に位置する社に祀(まつ)られる、世界最大のラブラドライト水晶。直径一メートル、重さ一トンにも及ぶ一つの塊が、天科の職人技術を駆使して美しい球状に加工され、二体の不動明王に守られ鎮座している。

アマゾナイトやムーンストーンとも同種の長石に分類される一種で、光の当たり具合によって、この世のものならぬ神秘的な虹色の輝き「ラブラドレッセンス」を抱き込むのが特徴だ。

名前の由来にもなっている、カナダのラブラドル半島、そしてマダガスカル、フィンランドが主な採掘地だが、それら原産国を差し置いて、世界最大の結晶が天科の仙山で見つけられ、観光の目玉となっているのだから、珍妙面妖この上なしである。

地元では古くから、空に現れた巨大な龍が落としていった「龍神の涙」と信じられ、厚い信仰心が向けられている。そのお陰で、天科は観光収入で潤っているのだから、そりゃあ祀り上げたくもなるといったところか。

この大水晶に祈れば、龍神様が現れて、願いを叶えてくれる。そんな伝説を信じて、県外からも季節問わず多数の観光客がやって来ている。

両親から冗談半分で龍神伝説を聞かされた妹もまた、ある意味、そんな信者の一人だった。

天科と西端で隣接する東京都内の自宅に居ながらにして、訪れる一週間以上も前から、西方を向いて正座して、毎日熱心に手を合わせる様は、兄として些か心配になる光景でもあったが。

「りゅうさんに会えますように」

龍が現れて願いを叶えてくれる、というのが「龍神の涙」のご利益なんだけど、キララは龍に会うことそのものを龍に祈願していたので、脈々とその信奉を受け継いできた方正な信者とは、一線を画すのだけれど。


「龍神に会って、どうするの？」

キャンプ場でスープカレーの昼食をとったあと、私達はキャンプ道具もそのままに、観光客で賑わう晶龍峡の土産物売り場を訪れていた。

渓谷の名産である天然石を扱う店が、軒を連ねている。同じようなラインナップの店舗が複数密集しており、各店での客の奪い合いが激しい。

商魂逞しい店員のおばさんが、父や母と体がつきそうなぐらいに接近して、文字通り押し売りしている。せっかく質の良い石を使って美しい商品を多数作って並べているのに、何だか品を欠いていて悲しくなった。

さすがに小学二年生の私や四つ下の妹がターゲットにされることはなかったので、私達は私達で、のびのびとその雰囲気を堪能できていた。

「お友達になるの」

私の問いかけに、キララは無邪気に答えた。ずっとこの調子である。

龍って一体、どんな大きさなのだろう。仙山山腹に吹く強い風に靡く彼女の髪は、何とも柔らかげに揺れている。

「友達になって、どうするの」

「おしまい」

「あはは、何だよそれ」

彼女の言う友達とは、どんな友達なのだろうか。幼い子供の考えることに、大して根拠はないのだけれど、思慮深い小学生であった当時の私は、案外真剣に考察を巡らせていた。

「そんなの、迷信だよ」

続けて私が言った。

「こら、キララの夢を壊しちゃだめよ」

店員のおばさんの押し売りから解放されたらしい母が、私達の会話を耳にしており、すかさず注意を促す。

母は運気やらスピリチュアルやらに強いこだわりを持つ方で、晶龍峡の文字が味のある毛筆書体で描かれた、この一帯で共通して使用されている紙袋に、多数の土産商品を入れて腕に提げている。店員のおばさんの商魂は、無事実ったようだった。

「龍なんて、空想上の生き物でしょ？　神様だってそうさ」

「冷めた性格、誰に似たのかしら。そのうち会えるわよ」

母が随分と自宅のガーデニングに力を入れているのも、風水に影響されて始めたものだと聞いている。幸運の象徴として広く知られる龍の存在もまた、ゆうに彼女の興味を引くに値しているようだった。

風水や天然石のパワー、魅力については当時の私も肯定派だったけれど、神話や伝説に登場する、現代の常識からはかけ離れたような生物については、全然実感が湧かない。今でいう漫画やゲームの世界のような感覚で、昔の人が勝手に空想して記録を残しただけに違いない。

「もしかして、また語り部も見に行くの？」

「当たり前じゃない。宮司さんの龍神伝説を聞くと運気が上がるって、有名なんだから」

「ええ……、あれ一時間もあるよ。前に来た時も行ったし」

「よく覚えてるじゃない。パワーがもらえるんだから、何度聞いても損はないでしょ。年に数回しか開かれない、貴重なイベントよ。今日はキララも一緒にね」

　この土産物エリアには、仙山山頂のラブラドライト水晶のレプリカを祀る、ちょっとした神社がある。神社といっても、あくまで山頂の本殿を模した、気休め程度の小さな設備に過ぎない。

　かなりの標高を有するこの山の頂上まで登るには、本格的な登山家でさえ結構な準備がいる。そこで、本殿まで参拝に足を運ぶのが難しい人のために、訪れやすいこの場所にミニ神社が建てられているというわけだ。

　比較的最近塗り替えられたようで、塗装の朱色の発色が随分と良い。鮮やか過ぎて、少々安っぽい印象すら漂わせているけれど、それでもなお、本殿の大水晶と同等のご利益があるとされており、手を合わせる参拝客は時に列を成すほどだ。

　神社の宮司は、本殿から下山してくる正真正銘本物なのだそうだ。活舌の危うい高齢の女性が務めていて、優しい語り口が評判を呼び、何度か地元局の特集でテレビに映っていたことも。

でも、活舌と語り口の柔和さが影響して、以前に拝聴した幼い私は早々に睡魔に襲われ、有り難い機会から離脱してしまっていた。私が龍神伝説を何となく知っているのは、後日見せられたパンフレットのお陰である。

「あはは、絶対キララも寝るよ。話の内容、難しいし」

「寝ないもん。りゅうさんに会うもん」

キララは、語り部に参加したら龍神に会えるとでも思っているようだった。会えないと分かったら、どうなるんだ。本日二回目の大号泣大ぐずりを披露するのではなかろうか。ミニ神社の境内に広がる、厳かな雰囲気もぶち壊しになるだろう。

かといって、これだけ楽しみにしている彼女が参加できないとなったとしても、不機嫌モードに突入することは容易に想像できるわけだけど。

「父さんは、どうするの？　参加するの？」

「あの人は前に見たから今日はいいって。もう、レンは父さん似ね。一人で川釣りしてるから、三人で行ってこいって」

「ああ！　僕も釣りがいい！」

私はこのとき、龍神様の存在を一瞬信じた。語り部に参加しないための言い訳を、それはそれは、神に祈らんとせんばかりに必死に潜考していたのだから。今日の父さんは、随分と私に味方をしてくれる。

「はっはっ。ちょっと、どれだけ喜ぶのよ」

「えー。お兄ちゃんも一緒がいい」

ごねるキララ。

「あんな長ったらしいの、まっぴら御免さ。母さんやキララの分までお魚釣って待ってるから、楽しみにしててよね！」

父さんの釣りの腕は、あまり当てにならない。私は語り部を聞かないための言い訳としてだけではなく、実際に川釣りすること自体にも、気分が高まっていた。父さんの釣果をカバーするほどに、才腕の限りを尽くしてやるのさ。

「しょうがないわね。父さんが、いいって言ったらね」

母は飽きれた顔で失笑を漏らしながら、渋々了承してくれた。

私はすぐさま反転して、母と妹のいる場所を離れ、他の買い物客が賑わう中、父の姿を探しに駆け出した。

「こら、走ったら、転ぶわよ！」

食事処の店先には、勾玉川で獲れる川魚を水槽で泳がせているところも少なくない。岩魚に、山女魚（やまめ）、雨魚（あまご）、虹鱒（にじます）、鮎、鰻。サイズも良好。このあと私はどれほどの釣果を上げられるのか、どれだけ家族を喜ばせられるのか、そう思うと、ワクワクした。

力強く走っていると、ポケットの中で、持参していた翡翠の球が飛び跳ね、駆けるリズムに合わせて私の腿を打った。だけど、その痛みすら感じないほどに高揚していた。朝方感じていた不安感もまた、何らかの心配を覚えていたことすら思い出せないほどに、忘れ去っていた。

目の前を頼りなく横切る、濃褐色の翅（はね）のミヤマカワトンボ。近くに小さな瀑布があるためか、川辺から比較的離れた場所ではあるが、空気が幾分か涼やかだ。揺れる竹林の音、蝉の声。爽やかに、じわりと額に滲む汗。

風が強まる。

6

天科県の県庁所在地は天科市であり、その中心駅にも天科の名が付けられている。私の自宅からの最寄り駅であり、随分と慣れ親しんだものだ。

といっても、私が出かければ、どこへいっても行こうとも、結局は加減を知らない有象無象による誹謗中傷やトラブル、騒ぎに巻き込まれるだけなので、鉄道をはじめとした公共交通機関を利用することなどはそうない。

定期検査で、都心の研究施設に行くときや、海外の施設へ出向くために空港へ向かうときなどは、国からSP付きの警護車が出される。空港を利用するといっても、もちろん乗り合わせの便を利用するわけにはいかないので、これまた専用機だ。

SPの警護車は、黒塗りの大型バンに、ミサイルを撃ち込まれても耐えられる防弾仕様が施されており、とにかく仰々しい。ルーフ上には対サイバー攻撃や対電磁波攻撃用に、大袈裟なジャミングアンテナが何本も突き出している。

寂れた天科の住宅地の安アパート前に停まられると、それこそ地方地域ならではのデリケートな近隣住民達が騒ぎ出すので、待ち合わせは天科駅前のロータリーが多い。

そのため、天科駅を利用した経験はほとんどないながらも、駅前に関してはわりと馴染みが深い。

県庁所在地の主要駅とはいえ、ベッドタウンとは名ばかりの、ど田舎天科の駅前ロータリーは、日中でもあまり人がいない。

県内外から観光客を呼び寄せる名所、晶龍峡を擁する天科県ではあるが、この渓谷は中心部天科駅からはだいぶ離れており、鉄道で訪れるなら、同駅から快速でも一時間以上はかかる、天科市の二つ隣、仙ノアルプス市の「仙山口」駅で下車するのが一般ルートとなっている。

新幹線の停まらない天科駅は、晶龍峡への観光客にとっての要衝ですらなく、頼りの観光業を踏まえてもなお、やはり寂れた印象が拭えない。

世界唯一の眼を持ち、前例のない症例を研究するための都合の良いモルモットである私は、十代の頃から各国を行き来している。

私の治療や健康維持が主な名目となっているが、実際には、眼科医療の発展や、各国間における医療技術の誇示、義眼兵器の開発、また外交上におけるポーズとしても、意味を成しているようだった。

私はもはや、日本が有する恰好の外交カードですらあった。日本をはじめとした各国の国家機関が、国を挙げて私を丁重に扱うのはそのためだ。

この眼の価値を狙って、常軌を逸した行動に出る輩も少なくない。私を人質にとって、高額の身代金を要求する輩、私の眼を抉り取って、闇市場やダークウェブで売り捌こうとする輩、稚拙な難癖をつけて直接私を脅迫して、現金を強奪しようとする輩など、枚挙に暇がない。

これらが治安の狂った海外だけでなく、日本国内でも数回起こっていると聞けば、私の警護がハリウッド映画のいけ好かない主人公が享受するおもてなしの如く大げさであることも、すんなり腑に落ちるのではないだろうか。

ミサイルだって、実際に打ち込まれたことがある。さすがにこれは、日本国内の話ではないが。

リュカの治療を済ませ、一呼吸置いたあと、私達は家を出て、天科駅の方へ向かっていた。どこの誰だか分からないぐらいにしっかり変装して歩きたいところだけど、せっかくの遠出デートだからと、リュカが拒んだ。

さすがに何もなしでは心許ないので、キャップを目深にかぶった。季節は夏。灼熱の太陽の下でしっかりと顔を隠すのは困難を極めるので、これぐらいが丁度いい。

件の服屋で買うはずだった「動きやすい服」については、自宅で生地の柔らかいボトムパンツと、薄手のTシャツを選んだ。背負ったリュックの中には、目的地に着いたときに羽織るための、長袖のパーカーも用意している。

リュカにも私の服を何か選ぶよう勧めたけれど、ファッションにこだわりをもつ彼女は、駅までの道中、どこかに寄って新調するのだと聞かなかった。

私の変装もさることながら、気をつけなければならないのはリュカも一緒だ。何せ、丸顔のクレオパトラよろしく、すれ違う誰もの足を止めて振り返らせてしまうほどの、絶世の美貌の持ち主なのだ。賑わいの渋谷スクランブル交差点でさえ衆目を我がものにする魅力なのだから、寂れた天科の街においても、ゆうに目を引いてならない。

極めつけは、私と付き合って一年になるという点だ。そう、「翡翠の眼の男の恋人」という事実も、すでに街中に知れ渡っていた。いや、地域にかかわらず、でもある。SNSをはじめとしたネット上においても、ひとたび検索をかければ、無断で撮影された複数のツーショット写真が上がるほどだ。

つまり、私達二人が軽装でデートをするというのは、とても目立つのだ。

救いだったのは、世間の反応に対して、リュカが寛容であることだ。

「私、レンと付き合う前から有名人だから」

モデルのようなスタイルの女性とはいえ、ファッションモデルをはじめとした芸能活動を何かおこなっているわけでもない。けれど、類い稀なる美貌は、ただ存在しているだけで、一般人である彼女を有名人にしていた。

『Jupiter Eye』の読者のコメントを通して、最近になって知ったのだが、彼女は本名と異なる「ナビィ」という名前で登録した、最近人気の短文系ＳＮＳアカウントを作っており、そこには芸能人顔負けのフォロワー数がカウントされている。

誹謗中傷や嫉妬、敵意の的であり、ときに危険も伴う私との関係を楽しんでくれている彼女に、とても救われている。

「誹謗中傷なんて、日常茶飯事よ。私のアカウントのＤＭなんて、酷過ぎて見せられないもん。リプ欄どころじゃない。あはは、狂ってるよね」

「ＤＭ、閉じたらいいのに」

「閉じたら閉じたで、また別の手段を探して、そこから嫌がらせは続く。これってもう、愛だよね。相当な想いがないと、そんなしつこくできないって」

「随分良い風に解釈するんだね」

「そうでも考えないとやってらんないでしょ。あとね」

「？」

「意地悪するやつ、一人残らずおブスちゃん」

彼女は逞しい。

自分を貶す人々の声に、私は長く心を病み続けている。

ただ歩いているだけで、素手で握った言葉の糞を投げつけられ、唾を吐かれ、目が合っただけで顔を顰められ、嘲笑され、嫌忌され、やっといち人間として扱われたかと思えば、代価として物品や多額の金銭、保有するコンテンツの宣伝などを要求され……と、誰一人として信用できなくなっていた。

硬くて狭くて、光を一切通さない殻の中に籠ったままで、そのまま時が過ぎて寿命を迎えるのを待てたらどれだけいいか、そんな風に思い続けていた。

リュカだけは、そんな境遇がとても面白いと言って、自然に受け入れてくれた。同情さえしなかった。

同じく嫉妬や誹謗中傷の中を生きてきたであろう彼女は、唯一の理解者であり、唯一の支え合えるパートナーとして、私の人生になくてはならない、極めて重要な生命線なのだ。

「ちょっと、待ってて」

リュカはそう言って、家と駅までの道中にある商店街の一角、女性向けのアパレルショップへと入っていった。私は店先で、彼女のショッピングタイムを待つこととなった。

ガラス・ウィンドウの向こう側、いわゆるインフルエンサーの立ち位置でもあるらしい彼女は、慌てて駆けつける、とってつけたような笑顔をした数人の店員に、あっという間に囲まれ、何とも丁重にもてなされている。

ショッピングを楽しむ彼女を店の外で待つ彼氏。

リュカと付き合ってからというもの、一般的なカップルが楽しむであろう一般的なデートというものは、ほとんどしたことがない。

人目の多い場所ともなると、リュカにも周囲にも迷惑をかけるだけだし、そのたび私も心をズタズタにしなければならない。

同じ商店街の奥まった場所で、隠れるように営まれている、品の良いあの喫茶店は、私達が警戒心の鎧を脱いで寛げる、そして変装という名の実態ある鎧も外して訪れられる、数少ない貴重なデートスポットの一例である。

私の周りには、リュカのつけているフレッシュなローズと軽やかなスパイシーを漂わせる、香水のさりげない香りが仄かに残っていた。

私は香水の種類をあまりよく知りはしないが、エレガントな印象は、年齢以上に大人びたリュカの雰囲気にとても合っている。

香りというのは面白く、そこにいない彼女のことを、不意に嗅覚を通し彷彿とさせ、そして愛おしくも思わせた。

黒い靄についての話や、お互いが特異な環境をどう生きるかといった話ばかりで、いつも話題の中心には翡翠の眼がある私達。たまには、普通のデートというのも良いものだ。

するとそこへ、また別の香水の香りが近づく。リュカのものよりさらに大人っぽく、まるで男を惑わすためのフェロモンを実験室のシャーレで人工的に培養し、試験管に抽出したものを直接香水瓶に詰め込んだような香りで、咽るほどの官能を感じさせる。

その正体は、足元から興味深げに私の顔を見つめる、一匹のポメラニアンだった。

屋根のある商店街とはいえ、風が止むととにかく暑い。犬は小さな舌を出して、一生懸命にパンディングをして体温調整している。

犬の体が足に触れると、呼吸の荒さが体の揺れを通して伝わってきた。手入れの行き届いた毛並みをしており、頭には小さなリボンがつけられてある。首輪には、今まさにリュカがショッピングを堪能している、アパレルショップの店名を刻んだネームタグ。店で飼われている、看板犬といったところか。

けれど、香水の香りは犬がつけているものではなく、直前に犬を撫でた女性がつけている香りが移ったものであるとすぐに気づく。

まだ昼だというのに、夜を織り上げて仕立て上げたような、妖艶なドレスを纏ったしっかりと化粧を仕上げた女性が、コツッ、コツッ……と高いヒールを鳴らしながら、近づいてきていた。

「あ、あの人だ……」

女性が私に気づき、目の前まで歩み寄る。いわゆる、昼キャバ嬢、もしくは昼ガールズバー店員といった肩書きの女性か。

不敵な笑みを浮かべながら、私に顔を近づける。それ以上は、何も言わなかった。

酒に酔っている、というわけではなさそうだったけれど、さまざまなタイプの男性と経験を重ねてきたのだろう、どっしりと座った目をしており、声色には、聞いただけで男性の本能をくすぐる、裸身の温もりを孕んでいた。

「何でしょうか」

「いいなあ、彼女さん。お金持ちの彼氏がいて、可愛いらしくて、瘦せてて。ねえ、私は？」

その女性は、謙遜から入らなければリュカについて口にすることすら許されない、というほどに容姿が見栄えしないわけでもなかった。私やリュカよりは年上であるものの、十二分に「若い女性」にカテゴライズされるであろう、二十代後半あたりの年齢に見えた。スタイルは良く、肌も綺麗で、男受けしそうな甘い顔立ち。彼女の働く店の中では、それなりのポジションにいる人物に違いない。

「あはは、いいえ、お綺麗で」

「いえ……って、何？　ねえ、綺麗なの？　好きなの？　じゃあ、私で良くない？　お店近いの。遊びに来てよ。あの女ってさぁ……、色黒いよね。私の方が白いでしょ？　ねえ、もっと近くで見てよ」

横側に回り込んだかと思えば、光沢のある白のドレスの腰あたりを私の骨盤に当て、さらに顔を近づけるその女性。

私に対する悪態は口にしていなかったので、すぐさま突き放したくなるような嫌悪の念は生じなかったが、彼女の周囲に薄く浮かびだした黒い靄を見て、落ち着いてばかりはいられなかった。

「ごめんね。今、彼女を待ってるから」

「今？　じゃあ、今度なら来てくれるの？」

随分と、言葉尻を拾い上げて喋る女性だと思った。それとも、夜の接客業で働く女性というのは、みんな共通してこういったロジックなのだろうか。こちらがどれだけ興味のない風に答えたところで、会話は永遠に続きそうでさえあった。

　夜の店で働く女性と、白昼堂々至近距離で話す翡翠の眼の男、という取り合わせは、物珍しかったのだろう。三、四人の通行人が足を止めて、この不毛なやりとりを、小言を呟いたり、スマホを操作したりしながら、見物している。尾鰭をつけてネット上やコミュニティで噂を流されると、やっかいである。

「僕はちょっと、大人なお店は、苦手なんだ」

「苦手？　苦手って言ったの？　ああ、そういう。そうよね、黒くて可愛らしい美人の彼女がいて、余るほどにお金を持ってて、世界中でチヤホヤされてる悲劇の主人公が、うちみたいなキモいおっさんしか来ないお店になんか、興味ないよねえ。面白くないわー。あーあ、声かけて損しちゃった。ねえ、責任とってよ」

　それまでの、万人から平等的に好評を博しそうな営業スマイルを瞬時に閉じ、鋭い目つきと口調に豹変した。周囲の黒い靄は濃さを増し、女性との会話に集中していてもなお、右眼の視界がゆうに捉えるほどになった。

　気分を落ち着けて、改めて見ると、決してお世辞にも美しいと言える女性ではなかった。使っている多量の香水に、催淫、いや、幻覚作用でもあるのだろうか。

「そっちが、勝手に声をかけてきただけだろう」

この女性もまた、私を人とすら見ていない、有象無象の一角であるのだと理解し、態度を毅然とすることにした。難癖をつけて、架空の優位を謳い、高額の金銭を要求する輩は、私にとって決して珍しくない。

「うふふ、弱いのね。弱い。まあいいわ。色黒の彼女さんによろしくね」

彼女はそう言って、車道を挟んで向かいにある、コンビニエンスストアの方へと去っていった。私は、何も言い返さなかった。

コンビニエンスストアの店先には、女性の仲間であろう黒服の男がニヤニヤしながらこちらを見ている。時代錯誤の、鳴き声だけ大きい鳥のような髪型の男と、こちらからでは視認することすらできかねる細い眉毛の、剃り込み入り坊主頭。

坊主の方は、下品に大股を広げて、空へ向かって何語かよく分からない言葉で奇声を上げている。

「あんた、やるじゃない」

声のする方を向くと、そこには店で買い物を済ませたリュカがいた。なぜか、ショーウインドウのマネキンと同じポーズをとっていた。

リュカは先ほどの女性よりも細く、先ほどの女性よりも手足が長く、先ほどの女性よりも身長が高く、先ほどの女性よりも顔が小さく、先ほどの女性よりも凛々しく、先ほどの女性よりも服のセンスが良かった。

店で購入した服に早速着替えたらしく、昨晩から着続けており、さらに夜の濃密な時間を経て、乱雑に脱ぎ捨てられしわのついた服から、しわ一つない真っ新（さら）なスタイルへと変貌を遂げている。

新調された、動きやすさとトレンドの両面が考え抜かれたコーディネートは、彼女の肌質も見事に計算されており、オリエンタルな魅力をより一層際立たせている。

耳と首元には、屋根付きの商店街の中でも輝くことを厭（いと）わないピアスとネックレス。存在感ある大粒のゴールドのアクセサリーを着けこなせる若い日本人女性は、リュカ以外にそういないだろう。

「意地悪するやつ、一人残らずおブスちゃん」

「それは、君の決め台詞（ぜりふ）か何かなのかい」

マネキンのポーズのまま、勝ち誇った表情で、ついさっきにも聞いた台詞を再度繰り返した。先ほどの女性よりも、良い香りがした。

「アクセ、タダでもらっちゃった。くれるって言うんだもん。美人って、マジで得」

彼女は逞しい。

リュカの足元で、リボンを付けたポメラニアンが、一つ嬉しそうにワンと吠えた。

7

「見て。大丈夫かな」と私に言ったのは、芳しい香りを放つ艶やかなドレスの女性との一件を終え、二人で歩いて天科駅に向かう道中のことだった。

普通のカップルであれば、流れからして、彼女が新たに仕立てられたコーディネートの具合を彼氏に確認する、微笑ましい会話なのだろう。そこには、十中八九「大丈夫」と返してほしいという安直なる密計が隠されているわけだが、そんな真意すら愛おしく思えるはずだ。

けれど私とリュカの場合の、この場面での「見て。大丈夫かな」は、右眼の翡翠石を通してのものである。

左眼を閉じて、翡翠を通した視界に集中して彼女を見た。そこに映ったのは、両眼で見ていたときと同様に、夏らしく、それでいて彼女らしいコーディネートを嬉しそうに着こなした、愛しいリュカという女性の姿だった。

その光景を妨害する、黒の靄による霞(かす)みは、どこにも含まれていなかった。

いや、仮に靄で霞んでいたとしても、彼女と彼女のアクセサリーの放つ黄金色の輝きに、私はその違和感を見逃していたのかもしれないけれど。

　黒い靄とは、一体何なのだろう。ただ、良くないものであることは何となく目算しており、その当て推量はリュカとも共有している。

　だから不定期に、何か不快な状況を経たときや、不幸なオーラを纏った人物と関わったとき、不運が起こったりしたときには、都度私が右眼を通して視診している。

　こういったとき、黒い靄が生じていることが多い。視診したところで、あくまで家庭の医学的行為に過ぎず、さしたる治療ができるわけでもない。ただ、私が一緒にいて他愛もない会話をしながら、穏やかな時間を過ごすと、靄は自然と霧散していく。

「大丈夫だよ」と、彼女に伝えた。自身も何となく無事であることを感覚的に予想していたようで、特に驚いた様子もなく、進む方向を向いたままで「うん」とだけ返した。

　なぜ、私の片眼が翡翠の天然石になって、この眼から見る視界が黒い靄を捉えるのだろうか。その意味は、まったくもって分からない。

「世の中に起こる物事には、かならず意味がある」

　そう私に言い聞かせたのは、ドイツのノルトライン＝ヴェストファーレンの施設で目を覚ましたあと、研究者としてだけでなく、教育係としても長く私の面倒を見てくれた先生だった。

五十代半ば頃の、頭部にお
まけ程度の白髪をのせた、恰幅の良い男性の医学博士。敬意を込めて、ドイツ語で医者や博士の意味を持つ「アルツト」と呼んでいたが、彼は日本人だった。

経過観察や研究のため、その後六年間現地に滞在して教育を受けるわけだが、ゆくゆくは日本文化に復帰させる必要があるとのことで、日本人のその人物が担当となったらしい。

もともと、長年にわたり現地で活躍する研究者のようで、基礎学習の他、ドイツの生活や食事、コミュニケーションなどを理解するうえでも、とてもお世話になった。

他にも数人の日本人医師が、私のために海を渡り居を構え、入れ代わり立ち代わり面倒を見てくれた。

現在、州都デュッセルドルフはじめノルトライン＝ヴェストファーレン州、ひいてはドイツ各地に日本の院名を掲げた日本人医師の病院が大小複数点在しているのは、当時の彼らがそのまま残り、今なお生活を営み続けているというのが理由の一つであるそうだ。

数奇の運命に見舞われた一人の少年は、一国の街並みにまで影響を及ぼしたのだった。

中でも学習面だけでなく、厄災を極める日本人のいち少年が大人になるうえでの大事な学びまで与えてくれたのが、アルツトだった。

ドイツでの生活が長年にわたることを見据え、ドイツ語も熱心に教えてくれたが、スポンジのような吸収力を持つ幼児期と異なり、当時の私はすでに、青年期にも足をかけた立派な少年。結局ドイツ語はただたどしいままで、こと日本に帰って七年ほどが経つ現在においては、基本的な単語や、数える程度の日常会話文ぐらいしか覚えていない。

気がついたら、右眼が翡翠の天然石球に変わっていて、朧げに記憶を残している唯一の日から四年が経過していて、さらにドイツという日本から遠く離れた地に連れて来られ、大勢の外国人や検査機械に囲まれていた私は、絶望の境地にいた。

なぜ私だけが……。なぜこんなことに……。不条理の嵐に飲まれ、千錯万綜を極める幼い私に、アルツットはポジティブな教えを絶やさなかった。

「世の中に起こる物事には、かならず意味がある」

その言葉は、たとえ気休めでも嬉しかった。そうでも考えなければ、荒れ狂う人生の物語を、それ以上読み進めることはできなかっただろう。

「人は幸福になるために生まれ、そして生きていく」

「今、目の前に起こることは、遥か未来の最高の大局のための必然だ」

「意味のない人生など存在しない」

このような幸福哲学を、日本人らしからぬ豪快な笑い声と声量で、嬉しそうに何度も話し聞かせてくれるのだから、心強さこの上なしだ。

ドイツ生活の長い彼は、身も心もすっかり現地人といった印象で、当時の私が子供ながらに把握していた大人の日本人像とは、随分違って見えた。

この眼も、この人生も、いつか訪れる幸福のためのいちイベントに過ぎないのだと、自分の現状を騙し込むように心に言い聞かせた。

「世の中に起こる物事には、かならず意味がある」ならば、この翡翠の眼が、この眼だけが黒い靄を捉えることにも理由があるはずだ。

神様は、私にこのような眼を与え、人間世界において何をさせようというのだろうか。

その理由も、その役割に私を選んだ基準も、想像もつきやしないけど、きっと意味はあるのだろう。

黒い靄は、伝染する。人を不健康にする。他者への憎しみを育てる。他者へ危害を加える状態にする。ときに自死に至らしめる。靄を生じた本人も、大きな苦しみを伴うのだ。

だからこそ、世界にただ一人の理解者であり、愛する恋人のリュカに対しては、たびたびの視診を怠らない。

万に一つ、彼女がいなくなったら、私も私で精神を正常に保つことができなくなり、生きていけなくなるだろうということも、具体的に考えはしないが、心のどこかで一つの理由としているに違いない。

靄の濃さが増せば増すほど、影響は強くなる。その点、結構以前から一つの違和感を抱き続けていた。

私が翡翠の眼を手に、いや、目にしてから、一番の濃さと巨大さを併せ持つ、究極の靄を生じていた人物。渋谷のスクランブル交差点で、ベンタブラックが如き極黒にして、軽トラックほどの大きさにまで成長した靄を身に纏いし女性、つまり、絶世の美貌を惜しげもなく振りまいていた、丸顔のクレオパトラ、出会った日のリュカである。

あれほどの靄を生じさせて、あれだけの人込みの中にいたのなら、周囲に伝染しながら、あられもない罵声を吐き散らしながら、人々を爪で歯で切り裂いて、狂瀾怒濤の末に己の体まで傷つけ、その場で自害していても、何らおかしくなかった。

にもかかわらず、何の違和感も伴わず、荒廃の地のひび割れた大地に咲き匂う一輪の花のように、それはそれは可憐な笑顔を振りまきながら、同年代の友人達と若者の街のひと時を謳歌していた。

その笑顔には、不幸どころか、曇りなど、淀みなど一点もなく、歩く姿は万雷の歓声を集める、ランウェイを闊歩するトップモデルのように優雅で、幸福と自信に満ち溢れていた。

そんな左眼と右眼の景色のギャップに、居ても立ってもいられず、私は声をかけたのだった。

彼女は、なぜ極黒の大靄に影響されていなかったのだろうか。単純に、精神面の逞しさに関係しているのだろうか。いや、あの日の靄が、性格云々で片づけられるような規模でなかったことは、この眼を持つ私が誰より理解している。

「世の中に起こる物事には、かならず意味がある」

私がこの眼を持ったことに意味があるならば、巨大な黒い靄に影響を受けていなかったあの日のリュカと出会い、声をかけ、交流を重ね、幾度となく体を重ね、今こうして一緒にいることにも、何かの意味があるのだろう。

今こうして二人並んで歩を進め、例の如く道行く人々から贈呈される軽蔑と嫌悪の視線、妬みや羨みの呟き、誹謗中傷の声の数々を、脳内ノートにそれはそれは至極順調にコレクションしながら、晶龍峡へと向かっていることにも。

家族四人で晶龍峡を訪れた、小学二年生だったその日、両親と妹を失い、私一人だけがこの世に残され生かされ続けていることにも。

五

「お集まりの皆々様、ようこそおいでくださりました。あちらには小ぶりながら、豊かな水量を湛える、晶龍峡が誇る名所の一つ、名瀑『龍の髭』がございます。そのため山道や街中と比べれば、比較的涼しい空気が流れておりますが、如何せん本年の天科は例年になく酷暑でございます。ここ一帯も例外なく熱気が籠っておりますゆえ、ご体調に異変を感じられた御仁様がいらっしゃいましたら、どうぞご遠慮なく、腰を下ろされたり、日陰に入られたり、またあちらの休憩処で水分を補給されるなり、ご自愛くださりまし。

なお、そちらのお店のこだわりアイスコーヒーは四百五十円、仙山の名水で拵えた炭酸水は六百円、さらに小腹が空いておりましたら、甘辛く煮付けた雨魚をのせた名物『雨魚そば』は千二百円となっております。当渓谷を訪れた記念としても、ぜひご賞味くださりまし。

え、何じゃって？　宣伝ばかりじゃって？　金は天下の回り物と申しましてな、巡り巡ってこそ人々を幸せにするというもの。回せば回すほど、幸せが巡ってくるというものです。あ、いや、決して天下と天科をかけているわけではござりませんが。いや失礼、少々商売っ気が強うござりましたな。ご容赦くだされ。何せ私は一年の大半を、登山客様もそうそう寄り付かぬ、仙山頂上の白珠神社で神職を務めておりますゆえ、賑わう御仁様方の御前にて語り部を務めさせていただけるこの会が、数少ない楽しみでござりまして。

女というのは、どれだけ年齢を重ねても、お喋りが楽しゅうござりましてな。たくさん知って、たくさん笑って、たくさん楽しんでいただきましたら、龍神様もお喜びになられるというものでござります。お金をたくさん落っことしてくだされば、またさらに。


昔々、ここ仙山のあるところに、四人の仲睦まじい家族がおりましたそうな。

父の名をヒノ、母はツキノ、その子供の幼い兄妹は、兄フウジュ、妹アカリと名付けられし者達なり。親子は勾玉川に程近い、山中の洞窟に居を成し、暮らしておったそうな。

川では魚が獲れ、山では野草が採れ、岩間からは冷涼な水が湧き出でる。当時、この四人以外に山腹で暮らす者はおらんかったからして、親子は一切食うに困らんかった。親子の暮らしにおいて、笑顔の絶えることはそうそうありゃせんかった。

とれた食材の恩恵に与るのは、四人だけではござりません。この山で暮らすには、神通力で山の安寧を日々守り続けてくれておる、仙人様への献上が欠かせない。そのため、十ほど日が昇り沈むたびに一度、かならず山頂の仙人様のもとへ食材を届けに行っておりました。

ここ仙山は、日の本の国においても有数の標高を誇る大山がゆえ、今で言う月に三回の頻度で、中腹と山頂を行き来するのは至難の業じゃ。それゆえ、献上の仕事は大人の男手であるヒノがおこなっておりました。

今のように整備などされておらぬ、急な獣道を登って、ときに断崖絶壁をよじ登って、背負った籠に詰め込んだ食材と、ツキノが山の植物で拵えた布や衣服、山の様子を報告する文を献上して、また暮らしを営む中腹まで下りる。車もロープウェイもない当時じゃから、これを一往復やり遂げるのに丸二日かかる。随分と、働き者の旦那じゃった。羨ましいと思われた奥様方は、帰って出来の悪い旦那に聞かせてやりなさい。

ちなみに、もう皆様もお気づきでございましょうが、この山の護り手であった仙人様がいたことこそが、仙山の名前の由来でございます。仙山は天科県内に住んでおられると、ほとんどの地域から日常的に拝むことのできる大山じゃが、名前の由来まで知っております人はそうおりますまい。

人里離れた頂上に仙人様が暮らしているとはいうものの、基本的には家族四人だけで生活を送る毎日じゃ。現代の感覚で考えれば、寂しくはないのかな？　不安にはならないのかな？　そんな風に心配も覚えることでございましょう。ましてやこの家族、山を下りたことは一度もございませんでした。

　ですが、ご心配はご無用。仙山は、現代の天科市にも引けをとらぬほどに賑わっていたからじゃ。馬や猪、鹿、兎、狐、狸、飛び回る鳥、山に住まう動物達とも会話ができたヒノ一家は、いつだって仲間に囲まれており、寂しさを感じる暇などなかった。山の民でありながら、彼らが獣を食さないのはそのためじゃ。皆様も、腹が減ったからといって、ご近所さんやお友達を捌いて食おうなどとは思いやせんじゃろう。心が痛むわな。

　そこな坊主、お腹が空いたからって、お友達食べたいって思うかい？　思わんじゃろ。ええ子じゃ。まだまだ現役の奥様方、若くて容姿のいい男を見て、この人食べたいって思うかい？　まあ、気持ちは分からんでもない。まだまだ現役の旦那様方、若くて容姿のいい女を見て、この人食べたいって思うかい？　悪い子じゃ。罰でも当たりゃええ。

　わたしゃ二度結婚して二度失敗してございます。当時はまだ霊験灼然（いやちこ）なる白珠神社の女宮司なんちゅう立派な肩書きではなく、比較的近年建立された、本殿から分霊いただいた天科市の街中の勧請神社で神職をしておりました。

　そんなときに出会った、参拝客の一人の男、そして同じく神職の男と、それぞれ結ばれ申しました。参拝客とは二十代のときに、神職の男とは三十代で契りを交わし申した。

　後者の方は、同じ社で働いておった神職じゃからして、今で言う職場内結婚、オフィーラブラブというやつでございますかの。どちらの恋愛も、自然に愛し合い結ばれていきましたので、それはまあ、この不肖小さな女心にも、大きなときめきがございました。じゃあ何で別れたのかって、そりゃもう、相手が外で別の相手を作りやがったから。男なんてものは、まあ信用なりませんわな。

その点、龍神様はいつだって私ども人々をお護りくださっていらっしゃる。信じたら信じた分だけ、御加護を与えてくださるのじゃ。わたしゃはじめから、心の中で龍神様と結婚しておきゃあ良かったですじゃ。ヒノ達家族が、熱心に仙人様に仕えておった気持ちもよく分かるといったところでございます。

まあそんなことを申しても、恋というのは人の冷静さを奪ってしまうもの。頭でとやかく考えず、本能に身を委ね、ただ巻き起こる恋に身を焦がすというのも、それもまた人生。当時の恋がなければ、今の私もおりませんわけでございます。

ロードクロサイトにムーンストーン、ローズクォーツにアメジスト、ピンクトルマリンなどは恋愛成就に良しとされる天然石。お帰りの際にはお忘れなく、あちらの土産物屋で晶龍峡産の質の良い逸品をお買い求めくださりませ。

随分と、話が脱線してしまいましたな。ご容赦くだされ。寄り道もまた、人生でございますから。

仙人様の神通力による加護のお陰で、穏やかな生活を送る一家四人と山の動物達じゃったが、あるとき、とんだ災難が降りかかった。つい数刻前まで気持ちの良い青空が広がっておったかと思えば、山に巨大な雷雲が立ち込め、途端に大嵐を巻き起こしたのじゃ。

仙人様の御力は、天の災いからも山を守り続けておりましたから、ヒノ一家も動物達も、そりゃあ度肝を抜かれました。昼を夜に変える暗雲、滝のような大雨に、木々を根こそぎ持ち上げるほどの大風、烈々たる雷鳴。山肌で営まれし生命達は、あっという間に洗い流されてしまいました。

ヒノ、ツキノ、フウジュ、アカリの四人は、大嵐の中、暮らしを営む洞窟の隅で、必死に身を寄せ合って命を保っておりました。じゃがもう、限界が近づいてござりました。洞穴内には雨の水が流れ込み、また天井や壁からも溢れ、外へ出ずにはおられんようになっておりましたから。

辛抱堪らず飛び出して、聳え立つ大樹の一つに体を寄せ、四人で身を縮こめました。ところがすぐに、冷たい雨に体は冷やされ、激しい暴れ風に体力を奪われ、そして一向に収まる気配を見せぬ荒ぶる天に、精神も酷く削られていきました。

そんな状況を見かねたヒノは、ある提案をしました。仙人様のところに行きたいと。穏やかな山に大災害が降りかかるのは、きっと護り手の仙人様に何かあったに違いないと考え、様子を見に行きたいと思ったんじゃの。

俺も一緒に行く！　勇敢なヒノの背中を黙って見送れんかったのが、一人の男としての責任感の芽生えんとしておった年頃の、息子フウジュじゃった。震えるツキノとアカリの前に立ち、わんわんと泣き叫びながら懇願したそうな。気持ちは分からんでもない。ヒノはこのとき、飛んできた木の枝が脚に突き刺さり、踏ん張りが利かんようになっておったからの。

とはいえ、そこは平時でさえ登るのが大変な山じゃ。まだまだ手足が木枝のように細っこいフウジュを連れて行くなど、言語道断。お前はここにいなさい。二人を守るのがお前の役目だからと、なかなか収まらないフウジュを何とか説得して、荒れ狂う雨嵐の獣道を、ヒノは一人で登っていきました。

一日、二日、三日と経っても、真っ黒の雷雲は退かず、大嵐は続きました。それと同時に、山頂へ仙人様を見に行ったヒノの不在も続いた。残念なことじゃが、ヒノは山の頂まであと少しのところで、断崖絶壁から足を滑らせ、すでに力尽きておった。

父は帰らぬ。ツキノとアカリは、精気を奪われ息も絶え絶え。母と妹を守ると父ヒノと約束したフウジュは、決心をするのでござりました。俺が様子を見に行くと。

もちろん、幼い我が子を危険な目に遭わせるまいと、母ツキノは、朦朧となる意識の中、しがみつきながら息子を説得しました。ヒノはきっと大丈夫。お前が行くぐらいなら、母が行く。

じゃが、弱ったツキノにフウジュを止める膂力はもうございませんでした。我が手を振り払う息子を、無念と共に見送ることしかできんかった。

子供の成長の早さというのは、目を見張るものがございます。つい以前まで自分の腕の中で泣いてばかりいた乳飲み子が、親や娘のために命を擲(なげう)って、危険を承知で一人で勇ましく歩を進め行く。ツキノはこのとき、心配に打ち震えながらも、それはそれは心を熱くしたものじゃ。

もしかすると、本当に息子は家族を守ってくれるかもしれない。そんな藁(わら)にも縋(すが)るような淡い期待を胸に、フウジュよりもさらに小さい、年端もいかぬ娘アカリを腕に抱き、ようやっと生きながらえておった何匹かの動物達と共に、男衆の帰りを待った。

それからしばらくして、さらに丸二日が経とうとしていた頃合いに、フウジュは母と妹のもとに帰ってきました。嵐の中でも聞こえるほどの、悲しげな鳴き声を響かせる、一匹の鷹の足に掴まって。いや正しくは、母ツキノが竹皮で編んで拵えた、擦り切れの激しい、ぼろぼろになったフウジュの小さな履物だけが、じゃが。

鷹は、山頂で仙人と生活を共にしていた一居で、ヒノから言伝(ことづて)を頼まれて、山を下りてきたと言った。晴天の折なら疾風の如く山肌を滑空して来られるが、大嵐のせいでまっすぐに飛ぶことができず、数日をも要してしもうたそうじゃ。

この大雨では自慢の眼も利かぬ。その最中、体力を消耗して木枝で羽を休めとったとき、偶然にも倒れたフウジュを見つけ、履物だけでもと、持ってきてくれたそうな。

鷹は、フウジュも、ヒノも、そして仙人も、もうこの世にはいないと言った。神通力の大仙人様も、急な病には勝てんかったそうな。

沛然と降り頻る雨音を尻目に、迅雷風烈の如く泣き叫ぶ母ツキノ。名を呼べど、名を呼べど、ヒノとフウジュからの応えはない。私達が何をしたと。ただ穏やかに、幸せに、慎ましく、日々を送っていただけなのに。

一刻、二刻と、ツキノは声を嗄らさんと、遺憾千万叫び続けました。三刻、四刻、五刻……。ツキノの声は動物達にも伝わりますから、悲しみの感情は瞬く間に一帯へと広がりました。まあ、なんと切ないやら。

するとそこに、あまりの悲痛さを見かねて、手を差し伸べる者がござりました。仙人様の相棒として、何年もの時を共にしてきた鷹です。

山の頂へ向かって、祈りなされ。想いのままに、その声を届けなされ。

さすれば空の彼方より、金色の龍神顕現し、奇跡を起こさん。

神通力の仙人様を長く見てきた鷹は、他言無用の奇跡の秘密を打ち明けたのでした。そうは言っても、簡単にはいきますまい。祈るだけで奇跡が起こせるのなら、この世の中は怠惰と煩悩で満ち溢れてしまうでしょう。

仙人様が長く力を持ち続けたのも、長年の修行と頑なる信心、持って生まれし天賦の才あってこそ。ツキノが奇跡に与るには、それなりの代価が必要じゃと、鷹は教えました。

ツキノは、母は、一も二もなく承諾した。それで、息子フウジュを蘇らせられる。じゃが、夫のヒノまでは救えないと言われた。すると次は、アカリがその役目を果たすと言った。じゃが、嵐までは止められない、山は救えないと言われた。すると次は、山の動物達が、その役目を果たすと言った。

鷹は、羽を広げるとゆうに一間一尺はあろう逞しきその体躯を翻し、山頂に禍々しく蠢く黒雲を突き破っていった。帰りは一瞬じゃった。その体を金色の雷に変え、文字通り疾風迅雷の速さで飛んで行ったからじゃ。

鷹もまた、ツキノやアカリ、その他の動物達と同様に、奇跡の代価となった。生涯を閉じ、一撃の雷光となり、奇跡の神、雷龍様の仕えになるという、代価の一筋に。

晴れ渡る空。

長く停滞していた黒雲は去り、久方ぶりの、夜明けのように。

二人は、死の淵より生還を遂げられた。

その様子は圧巻じゃった。雷光と変化した動物達が、黒雲に辿り着いたかと思えば、それは何とも堂々たる御姿か、天から一柱の龍神様が降臨なさった。黒雲の表層には、今まさに飛び立ち辿り着いた雷獣達だけでなく、かつての昔に贄となった山海のさまざまな生物達も、雲の中より雷の姿で顕現なされた。人型の雷光は、なぜか数える程度じゃったそうな。その様子はまるで、天空のサバンナか、楽園か、かつての地上か、夢の最中か。

胴回りだけでも小さな山ほどある龍神様もやはり、雷光の御体を成されており、まあ、なんとお美しい。眼を焼くほどに眩しく輝く御体じゃが、なぜかはっきり目にし続けることができ、それでいて安心を齎（もたら）す不思議な光の神様じゃ。

それはそれは悠然と、泰然と、龍鱗打ち鳴らし、ぬらりと空を裂き、山の峰に倒れた二人に、口づけなされたのでございました。

のちに仙山と名付けられるその山に、生き残った人間二人。

名を、フウジュとアカリ。

おや、アカリはヒノを蘇らせるために、命を代価に雷になったはずじゃが？　それは間違いでございます。一時、アカリは死してヒノを蘇らせましたが、すぐにヒノも、祈ったのじゃった。自分の命と引き換えに、アカリを返してやって欲しいと。それはまあ何と、後悔の念一つない、清々しく晴れやかな顔でじゃ。自分はもう十分生きた。未来の灯りを、まだ絶やさんでほしいと申されてな。

またさらなるのち、フウジュとアカリは子をお授かりになられます。その血は子々孫々伝えられ、今の天科の人々の命を繋いでおるのじゃ。私も皆様も、みんな親戚かもしれませんな。

何じゃて、実の兄妹が子作りなんぞ、倫理に反するとな？　神様の世界では、そう珍しい話でもございません。古事記に伝わる日の本の祖、イザナギ様とイザナミ様。旧約聖書に伝わる人類の起源、アダムとイブ。エジプト神話の、復活神にして宇宙神、オシリスとイシス、妾（めかけ）のネフティスも血縁。他にもたくさんじゃな。

これが、晶龍峡が誇る龍神伝説にして、天科の民の興りのお話でございます。

仙山に世界中の天然石が育つようになったのは、龍神様の口づけによって起こったもう一つの奇跡といわれております。老人の長話にお付き合いくださり、お疲れさまでございましたな。

　私の後ろに鎮座いたします、神社のご神体としてお祀り申し上げておりますレプリカ水晶。この元となっておる、山頂のラブラドライトの大水晶は、ご降臨の際に龍神様が溢された一雫の御涙といわれております。渓谷の職人が丹精込めて削り、磨き上げ虹色に輝く水晶玉として、お供え祀り上げ申してござります。

　家族が上手くいかんようになったら、どうしても叶えたい願いがあられましたら、仙山の頂を望みましたなら、今一度、思い出されてくださりませ。一家四人の愛を、龍神様の奇跡を。

　きっと、光り輝く龍神様が降りられて、重っ苦しい心の黒雲を掻き消して、それはまあ見渡しの良い、美しい青空をお見せくださりますことでござりましょう。

　二度も家庭が駄目になった私が言うかって？　もちろん、何度も何度も、ありがとうありがとうと言うて、手を合わせてござります。

　宇宙と繋がる石、ラブラドライト。光の加減で、虹色に光る石。わたしゃ宇宙色と呼んでおりますがの。普段から身に着けておるお気に入りじゃ。すべてと繋がる、宇宙の力を持つ石ですから、これもまた、良い巡り合わせへ導いてくれることでござりましょう。

　それではお暑い中、ご清聴、ありがとうござりました」

8

村八っちゃんねる@名無しさん　8/18 12:47:59
ゲロ眼の野郎と女が、今カップルで天科駅に向かってるらしいぞ！　アパレルの店員やってる友達が、仲良さげに話してるの聞いたって！　決戦の時じゃ！

村八っちゃんねる@名無しさん　8/18 12:49:32
は？　何であいつらがリア充やってんの？　意味分かんない。

村八っちゃんねる@名無しさん　8/18 12:55:06
拙者、あの翡翠の眼を見てから、ずっと体調が悪いでござる。隻眼中二病とか、今時流行らないでござる。年齢＝彼女いない歴なのもあいつのせい。責任取らせたい。

村八っちゃんねる@名無しさん　8/18 12:55:38
俺も生きてるだけで金もらえる人生送りてぇー。贔屓され過ぎなんだよ死ね！

村八っちゃんねる@名無しさん　8/18 12:57:06
レンさんディスってるやつ許さない。手首刻んでるとき『Jupiter Eye』が私を救ってくれたの！　独り占めしてるナビィほんと邪魔。

神の子さん　8/18 13:04:41
レンさんの眼、実は僕があの方にお貸ししてるんです。毎月お金振り込まれてます。だからみんな僕のことフォローしてくれませんか？　抽選で百人に百万円配ります。

テキテキ@DeModia 天科さん　8/18 13:05:21
ゲロ眼と女ぶっ殺す。あんなきしょいのに来店されるとか今年一災難。知り合いのヒョロい眼鏡に殴られて血出てんだけど。慰謝料一兆で許す。

村雨@DeModia 天科さん　8/18 13:05:58
駅前集合じゃぁぁぁぁ！！！！！！

村八っちゃんねる@名無しさん　8/18 13:06:25
レン様のお嫁様になって人生大逆転〜！　ナビィ殺したら次あたしの番でしょ？

村八っちゃんねる@名無しさん　8/18 13:09:00
今コンビニ入って何か買い物してんぞ！　今のうちだ集まれ！　駅で一気に叩くぞ！

うつにゃん　8/18 13:09:29
うつにゃんこの前いやらしい目つきで見られました。マジきしょい。あの右眼、透視機能ついてるかも。お願いします死んでください。でも楽に死なないでください。

村八っちゃんねる@名無しさん　8/18 13:10:00
短文系SNS界隈でナビィって無駄に人気あるけど、よく見たら大したことないからw
余裕でキモカップル。あとここだけの話、ナビィの中の人の名前リュカねw

村八っちゃんねる@名無しさん　8/18 13:11:44
あの男の住むアパートの管理人です。あの男を街から追い出してくれた方には賞金つけます。近隣住民と連携して嫌がらせをしても、クレームの連絡を無視し続けても、まったく出て行く気配がありません。苛立ちの限界です。

村八っちゃんねる@名無しさん　8/18 13:14:27
ワロタｗｗｗ　この不動産屋絶対利用しねえ。でもあいつ追い出して、絶対賞金とる！

村八っちゃんねる@名無しさん　8/18 13:15:52
え待って、さっき先輩が翡翠眼としゃべったらしいんだけどウケる。もしかして今日うちの店来る感じ？　やばいｗｗｗ　死ぬｗｗｗ

村八っちゃんねる@名無しさん　8/18 13:16:01
村八っちゃんさいこー

東浦島@深淵　8/18 13:16:41
会社をリストラされました。あのクソがこの街にきたせいで、景気が悪くなったからです。駅に向かいます。皆さん仲良くしてください。

村八っちゃんねる@名無しさん　8/18 13:16:59
うちは家族で行くわ。楽しくなってきたな笑よろしくー

村八っちゃんねる@名無しさん　8/18 13:18:36
僕も行きます。友達呼びますね。

村八っちゃんねる@名無しさん　8/18 13:18:49
僕もwww　イッちゃうwww

村八っちゃんねる@名無しさん　8/18 13:19:46
おらあ！　ぶっ殺すぞー！！！

村八っちゃんねる@名無しさん　8/18 13:19:49
殺せ！

村八っちゃんねる@名無しさん　8/18 13:19:49
殺そう

ジャスティス　8/18 13:19:53
自殺に追い込みましょう

村八っちゃんねる@名無しさん　8/18 13:19:54
石投げよう。

村八っちゃんねる@名無しさん　8/18 13:19:59
殺してはだめです。うまくマネタイズしましょう。私に任せてください。

村八っちゃんねる@名無しさん　8/18 13:20:01
天科警察です。私達も協力します。

ごえもん　8/18 13:20:25

警察ｗｗｗ　びびったｗｗｗ　さすが天科名物一見お断り村八分裏掲示板ｗｗｗ

キラコ　8/18 13:20:40

はい国家権力公認。死刑執行すんぞー

村八っちゃんねる@名無しさん　8/18 13:21:32

殺すな。脅して金取れ。

村八っちゃんねる@名無しさん　8/18 13:22:00

この夏最大のイベントキター!!

村八っちゃんねる@名無しさん　8/18 13:22:01

意地悪するやつ、一人残らずおブスちゃん

9

「レン、道、変えた方がいいかも」

十分過ぎるほどに効いたエアコンの風に涼みながら、コンビニで飲み物と虫よけスプレーを調達。その後、私達はゆっくりと天科駅の方に向かっていた。

晶龍峡へ行くため、まずは鉄道で最寄りの仙山口駅を目指す。いつもは周りの目や声を気にして、滅多に公共の交通機関は使わないようにしているわけだけど、車を持たない私達が二人だけで晶龍峡へ行くには、この方法しかない。

角を曲がれば、もう駅前のロータリーが見える。そんなタイミングでリュカが道を変えたいと言い出したものだから、驚いた。

「え？」

「うん、まずいかも」

足を止めて、リュカの方を見た。細い指で、スマホを器用に操りながら、画面の方を見たままで、深刻な表情をしている。

美しい指先で寵愛を受けるスマホ画面には、『Jupiter Eye』の運営などで比較的ネットに詳しい私も知らない、初めて見るＵＩが表示されている。

「何言ってるんだよ。駅まで、すぐだよ」

確かに、ここに来るまでに見ず知らずの人達からいくつもの解せない声がけを受けてきたけど、そんなものは日常茶飯事であり、さらにリュカは私より耐性が強い。具合が悪そうな気配もないし、黒い靄も見られなかった。

だけど、彼女がくるっと反転したあと、目を見開いて口を大きく開けて固まった様子を見て、同じ方向に目線を向けたとき、すべてを悟った。

そこには、歩道を埋め尽くすほどに集まった顔を歪(ゆが)めた人々が、こちらに迫り来ていた。濃くて、大量の、黒い靄を漂わせながら。

「ぎゃはは！　見つかった！」

「その眼でこっち見んな」

「いいから、そのまま駅まで進んでください」

人々に統一性はなく、老若男女、さまざまなタイプが寄せ集まっていた。

彼らは濃密な靄だけでなく、包丁やナイフ、バット、鉄パイプ、コンクリートブロックなど、人を傷つけるうえで有効となるに違いないアイテムを、各々で手にしていた。禍々しい靄の濃さや形状から、それらは私、或いは私とリュカの両方を傷つけるために持参されたものだと、すぐに理解した。

車道側へ逃げようにも、靄を纏った車が次々に停車しはじめ、私達の逃げ道を塞ぐ。車道の反対側には、食事処や商店といった店舗が並んでいるが、ここぞとばかりに慌ててシャッターを下ろし始める。

これだけの状況を、白昼堂々繰り広げられてもなお、誰も騒いだり、救いの手を差し伸べたり、警察を呼ぼうとしたりしないのは、私が世界公認の誹謗中傷の的であり、リュカがその彼女であるからに他ならない。

良い思いをしているから、金を稼いでいるから、特別だから、ただそれだけで、人は簡単に人でなくなるのだ。

彼らは常軌を逸しており、本物の殺意を抱いている。話し合いで何とかなる状況ではない。一見しただけでその真意が察せられるほどに、彼らの集めた黒い靄は禍々しかった。

「どうしてこんな」

「ネットの裏掲示板で、情報共有されていたみたいね。ナビィのファンの子が、教えてくれたの。もっと早く気づけばよかった」

「ごめん。僕が一緒にいるばかりに」

「ううん、それはいいの。誘ったの、私の方だし。ついつい楽しくて、変装も軽めにしちゃったしね」

私が特別なのは、無論自分の意思ではない。石の右眼を持つという数奇の宿命を背負っただけで、愛する人との穏やかな時間を、たった一日満足に過ごすことすらできない。誰にも同情されやしない。

「あなたは大丈夫。何とかなるよ」

返す言葉も見つからず、運命の壮絶さに呼吸をすることすら忘れていた私の手を、彼女は引いた。私達に唯一残されていた、駅へ向かうための道を、まっすぐに進む。

民衆達からの非難の声は、なおも背中に投げつけられ続けているが、なぜだかリュカは笑っていた。腕を握る手を離し、次は私の腕の内側に自分の腕を滑り込ませたかと思えば、軽く組んだ。「組む」という表現には到底値しない、軽やかな一対の羽が、風のない穏やかな春空の下、空気の抵抗を細かな繊維全体でたっぷりと受け止めながら、それはそれはゆっくりと、窈窕(ようちょう)たる軌道を描きながら舞い降り、そして音も立てず、ごく自然に添い重なるような、そんな雅(みやび)やかさで。

リュカは胸を張り、平均台の上を踏み渡るように、長い脚を交互にクロスさせながら歩く。小さく、それでいて程よいボリュームと曲線美を湛える可愛いお尻。少し伸びたストレートのショートヘアー。きれいに揃えられた前髪は、自分で手入れをしているようで、リュカの顔立ちがもっとも美しく見える黄金比的ラインで整えられている。

先ほど拝呈されたばかりの、輝く大粒のゴールドのピアスとネックレス。歩くたび、それらをこれまた黄金比的ともいえるこれ以上ない加減にて揺らしている。さながら映画か舞台のヒロインか、ランウェイを闊歩するスーパーモデルか。

これじゃあまるで寄り添う醜い私までもが、至高無上のステージの、主役級人物のようではないか。バッドエンドの悲劇の主人公には、何とも不似合いで仕方がない。

罵詈雑言（ばりぞうごん）の群衆に押し出されるように、先ほどいたコンビニに面する通りの切れ目に辿り着く。角の都市銀行を曲がれば、そこには天科駅が見える。

ところが、駅の姿は目視できなかった。それは、翡翠の右眼に限った話ではない。

右眼には、まるで宇宙空間をそのまま一定範囲切り取って、引きずり下ろしてきたような、黒い雲の塊が映った。いつも目にする黒い靄なのだが、あまりの濃さと範囲に、それがあの靄と認識することに時間がかかったほどだ。

それは駅ビルを隅から隅までゆうに隠しており、これまでに見た中でも最悪の黒い靄、出会った頃のリュカのそれなど、比にならないほどである。

まだまだ遠くに浮かんでいる、触れてもいないそれにもかかわらず、私は強い吐き気と意識の混濁感を覚えた。大気中に、良くない粒子でも舞っているのだろうか。

左眼にて、その靄を視認することはできない。この規模においても、その理は変わらない。それでもなお、天科の駅をはっきり捉えられなかったのは、ロータリーに顔を歪めた無数の人の群れが蠢いていたからだ。

それは、先ほどまで私とリュカを追い詰めて来ていた老若男女の群衆どころではない。目測すらできかねるが、二百人以上いるのではなかろうか。

なぜ人の群れなどと敬意を欠く表現をしたのかといえば、そのどれもが、人間性を欠如しているように見えたからだ。言葉かどうかも判断しかねる奇声、もしくは鳴き声を発し、一部は着衣を引き裂き、捨て去り、半裸状態でいる。

これは男性だけに留まらない。唾を吐き、吐しゃ物や糞尿を撒き散らし、そして午前に訪れたあの古着が豊富な服屋の店員のように、体の穴から黒い靄を噴出している。それだけの人数がそのような醜態を披露しているのだから、もはやそこは混沌の極み、八大地獄の阿鼻叫喚状態。

地上三メートルほどで留まる、駅ビルサイズの黒い雲も伴って見える私の右眼からすれば、なおのこと酷い。夢ならどれだけ良かったか、などという、使い古され、ところどころ音飛びさえしていそうな気休めなどを浮かべたり。

極まりは、人の群れの相貌である。顔は目と口と鼻のパーツそれぞれの境界がぼやけており、成熟した大人の体に、明らかに不釣り合いな首の据わっていない赤子の首から上だけを挿げ替えたような不気味さ。或いは悪霊憑きの木偶人形か。

動きは理性を持ち恥を知る人類とは思えぬ、ただ三大欲求だけに縛られた、食って寝て子を増やすこと以外を知らぬ猩々の化け物を思わせる。

生き物の痛みを知らぬ子供に、木枝で腹を裂かれた蜘蛛のように、アスファルトを転げ回りながら体液を撒き散らす者もいる。

まだ三十メートルは離れているにもかかわらず、凄まじい異臭が漂ってくる。

石や糞を投げつける輩もいる。

はっきり聞き取ることはかなわないが、そいつらが吐き散らす多くの叫びは、私とリュカへの誹謗中傷だ。

バットや鉄パイプ、木材でアスファルトや街灯の柱を叩く音が響く。

出来の悪そうな若者だけではない。スーツに身を包んだ相応の立場を担うであろうサラリーマンに、中流階級以下を経験したことが、いや想像したことすらないであろう美しい身なりの大人の女性、穏やかな隠居生活を送っているであろう老人、逆にまだ義務教育を受けている最中であろう少年少女、たくさんのひと夏の思い出を残したであろう裕福そうな家族など、天科駅周辺に暮らす人々を一切の条件なく寄せ集めたような一団が、そこには群れている。

到底、私達が乗ろうとしていた電車の乗り口に辿り着けることなど期待できそうになかったので、一時後退し別ルートも検討すべきかと考え、虚脱感のまま後ろを振り返る。だけどやはりそこには、先ほど私達を追ってきていた群衆が塊を成していて、さらには増えてもいた。

ここまでだ。

あいつは変な眼をしているから、楽して暮らしているから、大金を持っているから、有名だから、目立つから、みんなが叩いているから、美しい恋人がいるから。

そんな理由で、地獄の山河から噴き出した魑魅魍魎（ちみもうりょう）の慰み者となり、肉も心も切り裂かれながら、死に至らなければならないのだ。それだけの代価を支払わなければならないほどに、得をしている？　私がいつ、望んだというのだ。

あいつは見目麗しい顔をしているから、均整のとれた体型だから、痩せているから、有名だから、目立つから、みんなが叩いているから、金持ちの恋人がいるから。

そんな理由で、地獄の山河から噴き出した魑魅魍魎の慰み者となり、肉も心も切り裂かれながら、死に至らなければならないのだ。それだけの代価を支払わなければならないほどに、嫉妬を買っている？　彼女がいつ、意図して人を傷つけたというのだ。

「リュカ、やっぱり僕は、君と出会うべきじゃなかった。僕は、長い間特別だったんだ。それにより、いつしか不幸を運ぶ人間として、忌み嫌われるようになっていた。君だけに対しては、もしかすると例外になれるかもしれない。そんな淡い期待が心の片隅にあって、気づけばすっかり、君の度量の大きさに甘えるようになっていた。

どんな不遇な扱いを受けても、どれほど心を害されても、汚い言葉を投げつけられても、君はいつも穏やかで、笑っていて、美しい。その眩しいくらいの黄金色の輝きを近くで見続ける権利を手にできる相手は、どうやら僕ではなかったみたいだ。どれほど謝っても、謝り切ることはできないね。

もし僕が先に死んだら、君は僕の右眼を穿り出して、その長い脚で走って逃げてほしい。黒い靄に巻かれたやつらは、動きに無駄が多く案外鈍い。一人なら、逃げ切れるかもしれない。

逃げることは、逃げることじゃない。そして逃げてもいない。君が環境を見限って、自分の輝きに相応しいだけの領域へ踏み上がるんだ。負け犬達の遠吠えが聞こえても、振り返らないでほしい。絶対に、命を諦めたりしないでほしい。この翡翠の眼が、僕が君を喜ばせることのできる、最初で最後のプレゼントだ」

目前で巻き起こる不協和音の一大コンサートに、私の言葉が掻き消されていないことを心底祈りながら、肩を並べたリュカに話した。そういえば、金ならいくらでもあるのに、結局大したプレゼントさえしていなかった。

この眼を持てば、世界中の国家機関が守ってくれるし、金には一切困らないし、『Jupiter Eye』を引き継げば、人気を博すらしい短文系SNSアカウントのフォロワーもまたさらに増やせるだろう。メルマガ配信して、会員向けサービスやグッズを作って、会社化しても面白い。

ははは、翡翠の眼もブログも、どちらも木星の目だなんて笑える。女性なら、男の私より、いくらか風当たりも穏やかだろう。なんて、私が咄嗟（とっさ）に考えた遺産相続にしては、なかなか気が利いているではないか。

「レン君！　こっちだ！」

群衆をかき分けながら、大きな図体で押し退けながら、一人の男が駅前駐車場の方からまっすぐにこちらへ駆け寄ってきた。腹式呼吸と恵まれた体躯から響くその声は、大きな波の上下で揺れるたびに軋（きし）ませ悲鳴を上げる、巨大タンカー船の錆び切ったアンカーチェーンすら羨むノイズの狂騒にさえ、掻き消されなかった。

その声が、幼い頃に聞き続けた、懐かしい声であったことも、聞き分けられた理由の一つだろう。人を失った醜い人の群れが放つ声でないことは、すぐに分かった。

「アルツト⁉」

小学二年生のある日、家族で晶龍峡へ観光に行ったらしい日を最後に、私は記憶を失った。その次に刻まれた記憶こそが、このアルツトとの日々だった。

ドイツ、ノルトライン＝ヴェストファーレンの研究機関で、星の数ほどの検査を受けながら、日本人の子供としての最低限の学習を受けた。その六年にもわたる温かい日々は、一人で生き始めてからの冷め切った日々において、リュカとの思い出以外で唯一の心温める記憶となった。

アルツトは、緑色の眼をしていた。「アルツト」は、ドイツ語で医者や博士の意味の言葉だが、アルツト本人はドイツに慣れ親しんだ日本人だ。片眼だけに色がついているのは、人工的なものに他ならない。

「大変だったね！　子供の頃から、こんな景色を見続けていただなんて！　大人だって好き好んで見たいとは思わない！　なあ！　嫌だったろう！」

駅側から見て右側、方角的には東側から、ドタドタとロータリーのアスファルトを踏み鳴らしながら、文字通り黒山の人だかりが放つノイズにも掻き消されまいと、大きな声で言い放った。私のもとへ到着するのも待てずに、こちらへ近づきながら、アルツトは離れた位置からさらに続けた。

「研究がね！　満願したんだ！　君の視界を再現することもできた！　これで僕も、君と一緒！　君はもう！　一人じゃないんだ！」

　何千、何万、何億という、これまでに抱え込んだ孤独と悲しみ、悔しさが、記憶の奥底から一気に溢れ出してくる。そして、そのすべてが頭上、空中へと放たれ、空の彼方へと昇っていく。肩が、心が、スーッと軽くなる。

　私はもう、涙を堪えることも忘れてしまっていた。こんなときに、何て言葉をかけてくれるんだ。

「アルット……ですよね？　どうしてここに⁉」

「話は後だ！　君には、黒い靄が見えているね？　あれは、コボルト、あ、いや、英名でゴブリンシードと呼んでいる。具現した嫉妬、羨望、悔恨、僻（ひが）み、劣等感。人の良くないものの凝縮体。その名の通り、究極は人を人ならざる者、ゴブリンに変える。今まさに、君が目の前にしているあれがそうさ！　吸い込んでも、触れても、近づいてもいけない。さあ、こっちへ！」

　理性を失った人々、改めゴブリンの群れの前に出たアルット。体全体がこちらから目視できる状態になると、次はぐるぐると腕を回して、群衆をかき分けかろうじてでき上がったその道へ私も続くよう促す。一緒にいるリュカにも、目配せをしている。

リュカの腕を引いて、一目散に走り出す。アルツトはこちらを何度も確認しながら、ゴブリンの比較的少ないルートを選んで、駐車場の方へと走っていく。だけど、そう簡単に大群衆は私達を見逃してはくれなかった。

「アアアアアアアアアア！」

もはやスプラッターホラーSF映画に登場するアンデッドの様相を呈してきている度を超えたゴブリン達が、ご期待通りの化け物じみた叫びを上げながらこちらへ襲いかかってくる。体液を垂れ流し、さらには靄を通り越してコールタール状と化したゴブリンシードの液体で、体中がべたべたになっている。擦りつけられたら、そう簡単に落とせそうもない。

「彼はここで、止まるべきではない」

この騒動にも一切動じず、一歩、また一歩と、それはそれは腕の良い職人の手で至極丁寧に鞣されたであろう上質な革靴を鳴らしながら、声の主である一人の老紳士が私達とゴブリンの間に割って入った。彼が一瞥すると、ただそれだけでゴブリン達は怯み、後ずさりした。

オートクチュールを思わせる、これ以上ないサイジングのキャメル色のトラウザーズ、美しく仕立てられた白のシャツにはブレイシーズと、木の飾りとアンバーのカボションが品よくあしらわれたループタイ。ボウ・ブランメルも納得の佇まい。よく知るコーヒーの香り。

「ったくよお、てめえはよお！」

また別の方向からも迫って来ていたゴブリン達。けれどそれらに関しても、老紳士の側と同様、心配する必要はなかった。傷だらけの細身の男が、荒々しい雄叫びを上げながら、それらの侵攻を阻んでくれた。

左右の手には、ゴブリン達から奪い取ったであろう、鉄パイプと木刀がそれぞれ握られている。武道の心得を持つようには見えなかったが、抜山蓋世（ばつざんがいせい）の闘志を剥き出しに武器を振るう彼は、いや彼女は、ゆうに戦力たりえていた。後ろで縛ったミディアムヘアのせいで、風貌だけは二刀流の侍に見えなくもない。

「ユリア、無事だったんだね！」

先ほど会ったときよりも、少し服装がお洒落になっている。服屋の一件ののち、店内から品々を掻っ払ったのだろう。値段の張るアイテムを根こそぎ着込んだといった印象だ。

顔のつくりや、服屋の一戦でできたであろう腫れや痣（あざ）、傷がついた顔面の様子も合わさって、組織末端の鉄砲玉のような真っ先に死に行くチンピラ感が否めないが、彼女が自分の中で良しとしている「格好いい男性像」を忠実に再現できていることは何となく察せられた。鼈甲を縁にあしらった大きなサングラスが、皮肉的な意味合いでより一層味わいを引き出している。

「ほら、デカいおっさんが呼んでんぞ？　行くんだろ。走れよ！」

「僕は君に、助けられてばっかりだ。正直、迷惑な隣人として、ずっと疎ましくさえ思っていたんだ。何てお礼を言えば」

「だからよ！　フン、分っかんねえやつだな。まあいいよ。とにかく、人間捨てたみたいに妖怪じみた面して、声だけデカくて、群れるしか能のないああいうやつら、大嫌いなんだよ」

「どうしてここが？」

「だから、てめえの考えてることは分かるんだよ、俺にはよ」

「はは、君は不思議な人だ」

「負けんじゃねえぞ。コラァ！」

老紳士とユリアに、道を阻んでいたゴブリン達を預け、私とリュカはアルットを追った。

私の人生に、友達なんてほとんどいない。何年も何年も、ただ時間が経過するままに生き永らえてきただけだ。利害関係抜きに、誰かと互いを心配し合ったり、大声で互いの存在を呼んだり呼ばれたり、肩を並べて戦ったり、そんな思い出なんて、どれだけ記憶のデータベースに検索をかけたところで、見つけられやしない。

アルットに、老紳士に、ユリア。仲間と呼んでいいような、背中を預けられる存在の突然の集合は、ロータリーのゴブリンの大群や、中空に浮かぶ靄でできた巨大な黒雲なんかよりも、遥かに夢を見ているように思えた。

「次会うときは、君が胸を張れる方の名前で呼ばせてよ！」

駐車場の方へ駆けながら、振り返りながら言った。

ユリアは振り向かずに、返す。

「は？　胸だ？　そんなもん、とうにねえんだよ！　ほら、走れ！」

ユリアの言動は、どうも核心を突かない。だけど、それが彼女なりの気持ちの表し方であり、彼女なりの友好の証であると、勝手に理解しておくことにした。

「ありがとう！」

道を作ってくれた二人に対して、私に腕を引かれるリュカが、口元に手を添えて感謝の言葉を届けた。山彦のレスポンスを期待するような、山の彼方からするような声の飛ばし方とはいえ、あくまで華奢な女性のそれに他ならない。

けれど、その声には十分な潤いがあり、十分な芯があり、騒音の中でもしっかりと届かせられていたに違いない。

二人はちらりとこちらを見たあと、同じタイミングで、またすぐにゴブリン達との対峙に戻った。

「世の中に起こる物事には、かならず意味がある」ならば、今日の日のこの奇跡の数々にも、やはり意味があるのだろうか。

四面楚歌の絶体絶命に、都合よく協力者が現れて、リュカと二人して、無事生き抜くことができた。ましてや、利害関係の伴わない協力者なんて、恋人のリュカ以外に何年も誰一人としていなかった私が、である。

ありふれた展開の、少年漫画の盛り上がりどころか、アメコミヒーロー映画のクライマックスのようではないか。面白い巡り合わせがあるものだ。

六

けたたましく鳴り響くサイレン。

舞い上がった土埃に茶色く霞む風。

決壊した勾玉川から流れ込む濁流が、夏の深緑の山肌を鈍色に変えていく。

またどこかで、轟音が鳴る。

またどこかで、轟音が鳴る。

そのたび、恐怖する子供達の泣き叫ぶ声がこだまする。

震える仙山。

大の大人でも、直立していることがままならないほどの、激しい揺れ。

〝「土砂災害警報――土砂災害警報――勾玉川上流で、峡谷壁面の崩落及び土石流が発生――至急勾玉川流域から距離をとってください――繰り返します、勾玉川上流で――」〟

ポールに取り付けられた各スピーカーから、耳を劈く巨大な音量で放送される、緊急警報。

不幸中の幸いか、土産物売り場のある一帯や、近接する名瀑「龍の髭」付近にまで影響は及んでおらず、賑わっていた観光客の集団に、重傷者が出ることはなかった。

一目散に駐車場へと走る人々。一部は車を置いたままで、徒歩で下山を試みる。ロープウェイも止まっているので、車以外の手段で訪れている人には、徒歩以外の選択肢はない。

登山道は勾玉川沿いに作られているので、決して安全とはいえなかったが、来山客は足早に山を下りて行った。

「龍神様が、助けてくれたんだよ！」

白珠神社宮司の有り難い語り部に参加していたであろう一人の子供が、屈託のない声色でそう口にした。周囲にいた別の客もその声に同調し、不安のどん底に突き落とされた人々の心配は次第に晴れ、徐々に笑顔を見せる人も出始めている。

ラブラドライトの数珠を絡めた手を合わせ、水晶のレプリカがある拝殿に向かって念仏を唱え続ける女性宮司。仕えの神職に避難を促されるが、その場を離れようとしない。

そのとき、私と父、そして母と妹も、その場所にはいなかった。

10

「上手くいくって言ったでしょ」

天科駅の東側、駅前駐車場に停めてあった、SP仕様の黒塗り大型バン。ミサイルを撃ち込まれても貫通しない装甲は、ゴブリンの群がる駅周辺を駆け抜けるのに有効だった。

アルットが乗ってきたその車に私とリュカは転がり込むように飛び乗り、難を逃れた。

「上手くいくも何も、絶体絶命だったじゃないか。たまたま助けが入ってくれたから良いものの。こんな偶然、二度と起こらない」

後部座席から、得意げに声を弾ませるリュカに返す。

確かに、駅前に辿り着く直前に彼女が予言していた通り、結果的には何とかなったわけだけど、紛れもない自殺行為だった。私は完全に人生を諦め、長ったらしい酷い出来の辞世の句すら詠み上げてしまった。

アルットの運転する大型バンは、さすが大型車といったところで、一切の揺れを感じさせない。それは、アルットの運転が上手いからという理由だけではない。

SPというのは、随分と優雅な仕事だ。いや、詳しい内情など、想像すらできやしないけど。

「ねえ、アルツト。聞きたいことが山ほどあるんだけど……。えっと、まず何から話せばいいんだろう」

ゆうに七、八年ぶりの再会であり、さらにはこれ以上ない絶好のタイミングで現れてくれたアルツト。このとき、なおも現実に起こった出来事であると理解することは難しかった。何とか頭を整理しなければと、助手席から運転席に向かって話しかける。

「はっはっ。何から話せば……は、こちらのセリフさ。逞しく成長しているようで、僕としては小一時間、思い出話にでも花を咲かせたいところだけれど、そうもいかないね。ところで今、どこに向かっているか気づいているかい？」

そういえばそうだ。ユリア達に押し出されるまま、アルツトに促されるまま、大型バンに乗り込んで、法定速度ギリギリでゴブリン達を撒いたはいいけど、その後も迷いのない運転で走り続けている。どこか、目的地が決まっているのだろうか。

練ったミニクイズの正解を子供の前で発表する、人の良いおじさんのように――間違いではないのだけれど――しばらく間を置いたあと、それは嬉しげに答えを教えてくれた。

「晶龍峡さ」

「え？」

驚かされた。私達は、リュカの提案に従ってちょうどその場所を目指そうとしていたところだったから、都合がいいことこの上ない。

ところが、その話はどこでだってしておらず、街のやつらにだって知られてはいなかっただろう。デートの行き先を打ち合わせた、あのラブホテルの隣室にアルットが居合わせていたのなら別だけど。いや、うちのアパートでもあるまいし、壁は薄くない。

「ここからは、話が長くなる。仙ノアルプス市の晶龍峡までは、混んでいなくても一時間以上かかる。まあ、ゆっくりドライブでもしながら会話を楽しもう。若い男女のデートを遮るだなんて、無粋な真似を許しておくれ」

もはや、二人きりのデートどころではない。アルットのここまでの落ち着きようを見る限り、まるで今日、今から、私達が晶龍峡へ行こうとしていて、その道中、駅前でゴブリンの群れに阻まれて、だけど助け舟が入って、乗ってきた車にまで辿り着くことができて、無事に渓谷へ向かい車を走らせることができると、初めから分かっていたようだ。SP車で乗り付けているというのも、何とも準備が良すぎる。

「おっと、そうだ、その前に」

話し始めるのかと思いきや、天科駅から二つ隣の駅にさしかかったあたりで、短い首を懸命に伸ばしながら、何かを探し始めるアルット。目線の先に目をやると、駅前広場が賑わいを見せていた。

「君達は、ここで待っていてよ。あはは、意地悪を言っているわけじゃない。人込みじゃあ、どうしても目立つでしょ」

天科駅から見て、都心方向とは反対側に位置するその駅。家から、直線距離にすればそこまで遠い場所でもないけれど、もちろんこれまでに来たことはない。

天科駅にさえ及ばない程度だけれど、それなりに栄えていて、広場も賑わっている。

広場には色とりどりのテントや旗が多数並んでおり、何かの祭りをしているようだ。そこには日本語ではなく、現地での日々を思い出させる、ドイツ語の文字が多種書かれており、何とも懐かしい気分にさせてくれた。

十五分ほどで、いくつかの袋を手に、足早に戻ってきた。

「待たせたね。さあ、食べよう。調べたところ、ドイツフェスティバルをやっていたようでね。お酒はいける？」

そう言って、買い込んできたカリーブルストとイカのリングフライ、たこ焼き、そしてそれなりに冷えた缶ビールを渡す。

「ドイツフェスとか言って、ドイツらしいものはカリーブルストとフランクフルトぐらいだった。ビールも日本製だし、ちょっと期待外れだよねえ。まあでも、カリーブルスト、これがいける。ベルリンの名物さ。さあ、食べなさい」

フライドポテトとソーセージに、たっぷりのケチャップがかかっている。カレー風味を効かせているので、巨大なバンの広い車内とはいえ、あっという間に食欲をそそる香りが広がった。輪切りにしたソーセージはドイツからの輸入物だろうか、日本のスーパーなどではあまり見かけないであろう、本格的なサイズだ。

ビールを一口、それからケチャップまみれのカレーソーセージを放り込み、再度ビールで流し込む。

そういえば、ドイツにいた頃も、アルツトや、他の世話係の人達に手を引かれて、フェスティバルに行った記憶がある。あの頃はまだ、世間が自分を疎ましく思っているだなんて、露ほども知らなかった。周りの大人が、うまく誤魔化してくれていたから。

精神衛生が良好だったときの思い出が、ふと蘇る。お酒を飲めるようになってからは、初めて食べるので、また違った印象だ。

「へえ、美味しいね。ありがとう、おじさん」

「ダンケ！　美しいお嬢さん」

リュカも気に入ってくれたようで、ビールを片手に、ポテトをぱくぱくと頬張っている。

思えば今日のちゃんとした食事といえば、朝にホテルでとった朝食ぐらいだ。腹を空かせていたに違いない。相変わらず自分のことに精一杯で、美貌の恋人に気の回らない自分が、どうも情けなく思えてならない。

アルツトは、素早くたこ焼きを二個、三個、それからイカのリングフライを爪楊枝で四つほどまとめて刺して、凄い勢いで大きな腹に転がし入れた。

「さあ、僕も運転なんて放棄して、ビールで喉を潤して、歌でも歌い出したいところなんだけど、今はそれどころじゃない。話の本題に入ろう」

ちらっとこっちを見て、また進行方向に顔を戻して、真剣な表情で話し始める。グランドサイズの透明カップに入ったアイスコーヒーを傾けて、口を潤す。見間違いではなかった。少しだけ見えた右眼は、何度見ても私と同じように緑色をしている。

「僕達は、ずっと研究を続けていた。レン君、君が研究所に運び込まれて、初めて僕が担当した日から、ずっと、ずっとだ。君が最初にドイツを出てから、定期検査でも僕達は大人の事情で会えなかったけど、研究メンバーにはずっと属していた。

そりゃあそうさ。何せ、翡翠の天然石の球が、右眼の眼球とそっくりそのまますり替わっていて、挙句の果てにはちゃんと眼球として機能しているんだからね。眼窩維持のための義眼だとかレーシックだとか、その辺の話なんてとうに超えてしまっている。神経・

血管・筋肉、すべてが眼球と連動するのと同じように連結して、正しく機能しているんだ。解明できれば、現代の医学なんてひっくり返る。

初期メンバーから関わった人間としての、意地もあった。もちろん、君との友情もね。そして、あれから十年以上が経過した今、大きな進展があった。その翡翠石を再現して、さらには視界を再現するための義眼もでき上がった。

これがそうさ。私は迷わなかった。何の躊躇もなく、右眼を差し出して、何本もの注射を打ちながら、この眼に入れ替えたさ。はは、なかなか、ジェントルだろ？

その翡翠には、多くの含有物が含まれていた。それらがその緻密で複雑な、木星を漂うガスのような層の模様と、大赤斑のような目玉模様を作り出している。そのすべてを完全に再現するのには、まだ何十年もかかるだろう。自然の造形なんてものは、神の領域だからね。

だけど、翡翠の構成成分以外で、どうも目を引く成分が一種あった。正長石と曹長石の、二つのケイ酸塩鉱物から構成された、虹色に輝く粒子。ラブラドライトだ。

このラブラドライト成分は、含有物の層のみならず、翡翠のエリアにまで細かく広がっていて、石全体に及んでいた。さらに、眼の水晶体の部分に当たる、大赤斑のような模様の位置には、特に集中している。角膜や前房部は翡翠がメインだから、外側から見ても分からないけどね。その他にも、側頭筋や視神経、前頭骨や蝶型骨大翼、上顎骨はじめ眼窩を構成する骨にまで至って、ラブラドライト粒子が確認された。

日本にいる君の眼やその周辺組織に、ラブラドライトの成分が入っているとなれば、話は早い。この国で、いやアジア全体でも、ラブラドライトが採れる場所なんて、後にも先にも一か所を除いて存在しやしない。

日本が誇る、宝石の大名産地、天科県の天を支える大屋根、霊験あらたか仙山に抱かれし奇跡の渓谷、そう、晶龍峡をおいて他にない。

つまり、君が小学二年生で、家族で晶龍峡を訪れて、崩落事故に遭ったらしいその日そのときこそが、君に奇想天外の神の御業（みわざ）が施された瞬間に違いないのさ。同じ場所でご両親と妹さんが他界なさっていた中、君だけが着衣を含め完全な無傷で発見されたことも、関係しているかもしれない。意識と記憶と、本来の右眼は、失っていたわけだけどね。

君の右眼の翡翠の球の重要な要素を模したレプリカと、ラブラドライトを含む必要成分の注射によって僕の眼に再現した君の視界からは、驚くべきものが見える。

最初は、義眼側の不具合で飛蚊症（ひぶん）が起こっているのかと思ったけど、そうではない。視界を動かしても、黒い靄はそのままだ。大人になるとね、通常は目に見えないものも、何となく分かるようになってくるものさ。もちろん、あくまで感覚だから、それがどこにどうなってどう影響しているかなんて、憶測の領域を越えない。

この眼は、その目に見えない、見えるはずがないものを、見せる眼だった。

私達の現在までの統計では、さっきの騒動のときも少し話したように、嫉妬、羨望、悔恨、僻み、劣等感などがそれに該当する。

最悪だね。人間が存在を認めたくないもののオンパレード。誰もが、見たくない部分に違いない。幼い頃からこの存在を具象化して見続けた君には、改めて、心から敬意を表させてもらうよ。僕ならそうはいかない。

翡翠の眼を通して見たこれらは、黒色の靄となって具現し、うつったり、集まったり、大きくなったり小さくなったりする。危険レベルが極限に達したら、人は気が触れ、理性も恥もプライドも失いゴブリン化する。あれ、ゴブリンって、日本でも知られてるよね？ドイツでいう、コボルトに近い。

ゴブリンは、嫉妬に溺れた人間の成れの果てだ。醜態を晒し、奇声を上げ、人間の知性や美的感性、絆、希望、愛情などを失わせる。生きることの、やる気を失くさせる。そんなことをして、ゴブリン達は何が得なのか、理解し難いだろ？

成長を諦めて、人間を捨てた彼らは、輝く人間の足元を掬(すく)い、押し下げて、自分達と同じ目線、もしくはさらに下にまで押さえつけたポーズをとって、下衆な勝鬨(かちどき)を上げ、劣等感を誤魔化す。

そうやって、美しい人間よりも自分は偉いことにして、または同種であることにして、架空の、虚偽の自尊心を作り出しては、その場限りの優越感に浸る。これがゴブリンだ。

妖精の一種である、子供が嫉妬に捉われず良い子に育つようにとの願いから作られた、童話や御伽話(おとぎばなし)の架空の妖怪であるなどとヨーロッパの民間伝承で語られているそうだが、まあ生温(ぬる)い。人類が屈すれば、この地上から、すべての人間がいなくなる可能性すらあるわけだからね。

その眼でゴブリンシードを視認できるようになった君には、きっと大きな意味があるはずだ。もしかすると、世界の救世主に任命されているのかもしれないね。おっと、ここまでくると、研究の話じゃなくて、僕の想像や期待の話になってきてしまうけどね。

さあ、次はなぜ僕が今日このタイミングで君達のもとに現れたかだ。不思議だろ？　ただ君に、レン君に会ってドライブをしながら思い出話をするためだけなら、わざわざこんな大層な車を手配してはいない。

今日あのタイミングで窮地に陥って、離脱の必要が生じることを、僕は知っていた。晶龍峡へ向かうこともね。なぜだと思う？

呼ばれたんだ！

翡翠の眼の研究には、あのＮＡＳＡだって関わっている。そこで私は、ＮＡＳＡが保有する、天文観測衛星を通して人工翡翠球の右眼を文字通り光らせて、地球の外側からの様子を観察した。

さしもの翡翠の眼のオリジナルを持つレン君だって、宇宙から地球を覗いたことはなかろう。これによって、黒い靄を持つ人々、すなわちゴブリンやその予備軍の分布を、調べることにしたんだ。今、どれほど地球が、そして人類が危うい状況になっているのか、どこから手をつけるべきなのか、とね。

そしてその結果、残念なことに、地球全体でも突出して黒色が濃く、密集している国は、ここ日本だった。世界でも有数の発展国であり、人口密集地帯、それでいて意識が内に籠りやすい小さな島国は、他者との比較によって生じる嫉妬心などからなる、ゴブリンシードを培養、醸成する環境として最適となってしまっているのさ。

生活水準が高く、大半の人間が一定レベル以上の暮らしを送れていることも、理由の一つ。生活に余裕ができると、余計に他へも目がいきやすくなるものさ。

宇宙から見た日本列島は、全体が黒く霞んでいる。最近の日本は、毎年夏になると大変な暑さなんだろ？　今日も酷いもんだ。これはまだ調査前だけど、靄の黒によって、日光の熱が留まりやすくなっているのかもしれない。まあ、ゴブリンシードの靄が黒色に見えるのは僕達翡翠の眼の持ち主だけだから、この理論は想像の域を越えないけどね。

ところが、だ。黒く霞んだ日本列島でも、ただ一か所だけ、クリーンな場所があった。それはまるで、台風の目のように、ぽっかりと穴が開いていた。その場所こそが、天科県天科市さ。

そして、そのゴブリンシードの台風の目の中心に、宇宙望遠鏡をズームすると、一人の見目麗しき女性の姿があった。名前は、リュカさん。そちらのお嬢さんさ。君の美しい恋人としても、少し有名かな？　流行りの短文系ＳＮＳでも、人気を博しているそうだね。

いや何、プライベートな部分まで宇宙から覗いたりはしていないから、安心してほしい。研究のためとはいえ、ちゃんと節度は守るさ。いちアルットの誇りに賭けて誓おう。我らが主神の下に誓おう。

リュカさんを見つけた私は、非常に驚かされることとなる。宇宙からその姿を確認する最中、突如彼女は、こちらを見上げたんだ。それは偶然ではなかった。宇宙望遠鏡を介して、目が合ったんだ！

なぜ偶然じゃないって分かるかって？　次の瞬間、僕の頭にリュカさんについて教えてくれる声が響いた。君の、お父様を名乗る方の声がね。僕以外の研究者には聞こえていなかったから、この眼を入れた僕だけに語りかけてくれたんだろうね。

八月十八日、今日この日、あの時間に、レン君と娘に災禍が降りかかるから、日本の天科駅前ロータリーに来て、助けてほしいと。二人が晶龍峡に行くから、手を貸してほしいとね。ご丁寧に、ドイツ語と日本語それぞれで、詳しく聞かせてくれたよ。それはそれは、荘厳たる声だった。

改めまして、初めまして！　お目にかかれて光栄です、かの父君の美しいお嬢さん。レン君のことを、本当に、いつもありがとうね。

さあ、着いたよ。仙山口の一般登山道はもう少し先だけど、ここで良いそうだね、お嬢さん。まだまだ話し足りないけれど、続きはレン君、君の彼女が話してくれるだろう。気をつけてね。また近いうちに会おう。山盛りのカリーブルストとドイツビールで飲み明かそう。

君は大丈夫。運命は、いつだって君の味方以外をしないものさ」

七

　上流域で起こった崩落で、汚泥と化した勾玉川の流れ。支流も決壊したようで、流れもかなり激しくなっている。巨大な岩塊がいくつも転がり落ちてきており、私達が設営していたキャンプ場は、さながら戦場の様相を呈している。

　上流域で崩落した岩塊が渓谷の岩壁に衝突し、またさらなる岩塊が生み出され、それもまた下流へ向かって転がり、再度岩壁を削り……。その連鎖が、中流域のキャンプ場までもを戦禍のような状態へと変貌させたのだ。

「うわああああん！　お兄ちゃん！　父さん！」

「あなた！　レン！　返事をして！」

　倒れた私達に寄り縋り、慟哭（どうこく）する妹と母。そう、キララ達二人が他の観光客に混ざってミニ白珠神社で龍神伝説の語り部に参加していた頃、私と父は、キャンプ場に戻って川釣りをしていたのだ。

　火山噴火をも彷彿とさせる轟音が聞こえてきて、山肌が激しく震え出したかと思えば、目にもとまらぬ猛スピードで上流から小舟ほどの直径はあろうかという巨大な岩塊が転がり落ちてきて、私達に襲いかかった。逃げ果せるなど烏滸がましくさえ思える、流星の如き猛速で。

父は咄嗟に持っていた釣り竿を投げ捨てて、私を腕で包み、襲い来る岩塊の側へ背を向け、身を挺して私の盾になってくれた。

揺れる山肌、不安定な河原の足元は、私達に避けるという選択肢を与えなかった。父の腕の中で、その瞬間何が起こったのか定かではなかったが、或いは加速する宇宙ロケットに衝突された小鳥なら、共感してもらえるような感覚であったかもしれない。

父は、片腕を飛ばされ、体の大半を河原にすり潰されており、ほとんど原型を留めていない。私は助かったのかといえば、決してそんなことはなく、父と同じく即死だった。

父の体で多少は緩衝されたものの、衝撃で全身の骨が砕かれ、ほとんどの内臓を損傷し、右の眼球は破裂。けれど、父は確かに私のことを守ってくれた。私は、人としての原型を留めたままで、死に行くことができていた。

響き渡る慟哭。なぜあのとき、一緒にいなかったのか、なぜ二人を、釣りに行かせてしまったのか。なぜ仙人様は、お守りくださらなかったのか。母は悔恨の念を、滂沱の涙と嗚咽と共に、次々に山にこだまさせた。叫べども、叫べども、夫と息子は息をしない。

妹のキララは、語り部のあとに母に買ってもらったラブラドライトのブレスレッドを握りしめ、山頂の白珠神社本殿へ向かって、その小さな命を振り絞るような金切り声で、大粒の涙ながらに祈り続けている。いつまでも、いつまでも。

〝龍神様、兄を、父を助けてください。何でもしますから。良い子でいますから。もう我儘なんて言いませんから〟と。

11

アルツトに別れの言葉を述べて、重装甲黒塗りバンから降りる。巨大なスライドドアがガシャリと閉まり、小気味の良いクラクションと共に、走り去っていった。

すぐには承服し難い話を立て続けに聞かされて、私は頭が混乱していた。山ほど質問したいことがあったけれど、矢継ぎ早に続けられる異次元の話に、割って入る隙などなかった。

仙山口からはやや手前の、誰が利用するのかもよく分からない、気持ちばかり草木を刈り取って作られた、山肌剥き出しのごく細い山道に続く橋の手前で、何を見るでもなく、ただぼーっと遠くに目を向けたままで、立ち尽くす。

橋の下には、小さな川が流れる。最近の雨不足のせいか、流れるといっても、ほとんど干上がっている。

「行こう、デート！」

肩口から伸びる、美しくしなやかな腕を私の腕に絡め、橋の向こう側へと促すリュカ。なかなか返す言葉が見つからず、手を引かれるままに足を動かした。

彼女はといえば、先ほどの浮世離れした話にも一切動じておらず、それどころか、これから始まる山登りデートに心から胸躍らせている様子でもある。

夏らしい力の籠った風が吹く。立ち並ぶ高い樹々が、枝葉の腕を大きく揺らして、涼やかなざわめきを奏でる。ザッザッザッ……。二つの足音が、そこにジャジーなリズム隊として加わる。広葉樹の葉が織り成す木洩れ日が私達に降り注ぎ、光の紋様を描く。

「ちょっと、気を悪くしたよね？　騙したみたいになっちゃって。悪気なんて、何一つないわ。それは、分かってほしいな」

何についての話だろう。アルットの話の情報量が多すぎて、なかなか頭を整理できない。どこから聞いていこうか悩むのに、またしても沈黙を要する。

「ユピタライト」

「え？」

聞き慣れない言葉に、脊髄反射的に口が開いた。それは知らない言葉だったからという理由だけでもない。天然石の名称のような響きだけど、そのジャンルに詳しい私の知識をもってしても、知らない名前であったためだ。純粋に、興味が湧いた。

「それが、あなたの眼の石の名前。実は、翡翠とも分類は別だったりする」

「そうなんだ。新発見の石じゃない？　嬉しいよ」

なぜそんなことを知っているのか、などと考え始めると、とうとう頭が割れてしまいそうなほどに混乱を極めていたので、あえて天然石への興味を示すことにした。難しい話は、今は少々受け付け難い。

「あなたらしいわ。うん、昔と全然変わらないもの」

昔とは、いつのことを言っているのだろう。眉間に小さなしわを作り、困ったように笑う、私の好きな彼女の表情で微笑む彼女は、いつもの彼女だった。歩みのたび、ゴールドの耳飾りが揺れて光る。

本格的なトレッキング装備なしで歩くには、多少不安を感じずにはいられない、比較的急な斜面をしばらく歩くと、目の前に驚きの光景が飛び込んだ。いや、驚きの光景なんて、今朝ホテルで目覚めてから、幾度となく堪能させてもらっているのだが。

「え……、馬？」

「さっすがに徒歩で登るのは無理よ。どれだけ高い山だと思ってるの」

「それは、こっちのセリフだよ」

「そっか。あはは」

「なんて立派なんだ」

そこには、穏やかな表情で草を食む、二頭の馬が待っていた。アラゴナイトかゴールドのルチルクオーツを思わせる明るみの強い金色の体表をしており、まるで神話にでも登場するような聖獣にも見える。隆々とした逞しい体躯、それでいてしなやかで気品も感じさせる曲線美。長い間、見入っていたくなるような魅力がある。

「裸背馬(はだせ)は初めて？　ゆっくり歩いてくれるから、大丈夫だよ」

「馬、君が？」

「そら、乗った乗った」

リュカが私の背中を押すと、一頭の馬が身を低くして、乗りやすいように促してくれた。スパイシーと甘さの共存する軽やかな香水の微香が、さりげなく香る。

リュカの手伝いもあり、背に跨(また)り終えると、馬は一気に立ち上がった。突然に一変した視界に一瞬戸惑ったが、すぐに感覚を掴み、状況を楽しむ余裕が持てた。

蹄鉄(ていてつ)が鳴るたび、本当にパカ、パカ……という音がすることに、感動を覚えた。先導するリュカの背中を見つめながら、ときに振り返る彼女とアイコンタクトを取りながら、私達は進む。

立派な二頭は、荒れた山肌や急勾配、行く手を阻む伸び放題の雑草も、ものともしない。それは何とも壮観で、心を高鳴らせるものだった。

馬に乗ったのは初めてだし、そもそもレジャーや観光などというのも、日本に来てからそれらしいものを一度も経験していない。この眼は、私に平穏を許してはくれないから。

まるで、それなりに幸福だった十代半ば頃に戻ったような気持ちになり、この日の複雑怪奇な状況に当惑していたさっきまでの自分が、馬鹿らしくも思えた。

「ユピタライトはね、木星の子供なの。ま、ジュピターライトってところね」

「ごめん、整理してもらえるかな」

「難しいなあ。まあ、そういうことなのよ」

「そういうこと、ね」

「さっき、アルツトさんが黒い靄のことをゴブリンシードと言っていたけど、正確にはコラプサー。つまり、ブラックホールね。初期も初期の、原初。まだ、空間に歪みを生じワープホールを穿つ極大重力も零に等しくて、厳密に言えば、ブラックホールの分類には遙か及ばない次元の、ただの靄状の何か。普通の人の眼には観測すらかなわない。生ける者が一定の蟠り（わだかま）を生じたとき、虚無に無意識に創造してしまう破壊の種。ゴブリンシードだなんて、上手く名付けられたものよ」

「君は一体、誰なんだ？」という質問が間欠泉の如き勢いで声帯の手前まで上がってきていたけど、この日一番の精神力でぐっと堪えた。その答えを今聞いてしまうと、私は馬の背に跨ったままでいられなくなりそうだから。生きる意味を、見失いそうだから。この、浮世離れの会話を、もう少し楽しみ続けることにした。

「生ける者が創造するものがブラックホールならば、宇宙にも生命体は存在しているということになるね」

「さすが、鋭いね。もちろん、いるわよ。人間が発生する、もっともっと昔から。でも、人類がイメージしているような、宇宙人とかＵＦＯとか、そういう類いとはまた違う。宇宙に息づく生命は、惑星そのもの。その他限られた星々も。それぞれに性格もバラバラで、結構大変みたいね。

　太陽系以外にも、人間の知り得ない遥か彼方で、惑星系はとんでもない数存在している。それこそ、天文学的数字になる。賑やかなものよ」

「何か、要領を得ないな」

「人も惑星も、惑いながら生きてるでしょ」

「合点がいったよ。上手いこと言うもんだ」

「地上や地球表層に、一定量ゴブリンシードが溜まると、それは宇宙に転移して、無重力という無抵抗の野でほどなくして無限大重力の権化と化し、宇宙、さらにはそのまた別宇宙間での倫理さえ書き換える、ブラックホールとなる。人間が生成するブラックホールは、質も量も度を超えている。宇宙空間に息づく全生命を含めても、人間ほどに、互いを嫉妬し、羨み、恨み、僻み、奪い合い蔑み合う生命なんて、残念ながら存在しないからね。

ブラックホールが生まれるたびに、太陽の計らいで、いつも太陽系外にワープさせているんだけど、それにも限度がある。他の惑星系からのクレームも、気にしないといけない。挙句の果て、地球というたった一つの惑星のせいで、宇宙の秩序バランスは乱れを生じ始めてさえいる。

そこで、太陽系の監視役である木星が、人間社会にも馴染む大きさの衛星を作り、地球へ派遣した。それがユピタライト。木星の表面には、目のような大赤斑が浮かんでいるでしょう。あれ、案外本当に彼の眼だったりするんだよ」

黒い靄に、この世のものならざる異質さを感じ続けてはいたけど、まさか宇宙にまで話が飛躍するとは、思ってもいなかった。この石が、木星と同じ？　まだ十代の頃、そんな空想を膨らませたこともあったっけ。本物の木星の斑が、実は本当に目なのかもしれない、といった妄想もしたことがあった。

そうとくれば、幾分か遊び心の豊かな節があるリュカが、少々深みに嵌り過ぎた空想話を披露しているようにも考えられるが、アルツトの前説を経た今では、疑いようがない。

正直、冗談だと言ってほしかった。課せられた宿命から目を逸らしたいという理由だけではない。これじゃあまるで、君が人間ではないみたいではないか。君に出会えて、一人じゃなくなったのだと喜んでいた私は、馬鹿みたいではないか。二人でいるようで、なおも私は、一人のままだったのかい。

しばらく馬を進めると、細い獣道を抜けて、ぽっかりと空いた広場に出た。けれど、周囲の樹から立派な枝葉がいくつもせり出していて、青空は隠されたままだ。強い日差しを和らげてくれているのは有り難い。

足元に広がるこげ茶色の土は湿っていて、言葉には表し難いが、何だか懐かしみを覚える匂いを漂わせている。近くから、小川のせせらぎが聞こえる。空から零れ落ちてくる、木洩れ日と、鳥達の歌声。

「あの川は、渡れるかな?」

先にある、水深の浅い小川を指差しながら、馬の頸をぽんぽんと叩くリュカ。彼女を背にしたその一騎は、手入れの行き届いているような、金色に輝くサラサラの鬣を軽く揺らして、一つ控えめに嘶いた。そのやりとりには淀みがなく、旧知の友人同士が、ごく自然に会話を交わしているようである。

水底に沈んだ落ち葉や石が、何の隔たりもなくそこにあるように見えるほど透明な、ごく浅いその川を渡り、さらに山の奥深くへと進んでいく。勾玉川由来らしき、雑味の一切ない石英のように澄んだ流れは、働き者の二騎の、喉の渇きを潤す役割も果たしてくれた。

八

呼べども呼べども、小学二年生の私と父は、返事をしない。それでも、妹と母は、ずっとずっと寄り添い続けている。どこかに立てられているスピーカーから響き続ける避難勧告も、聞き入れる気配はない。

しばらくすると、空の国を治める主の居城のような入道雲が、あっという間に夏空を隠した。忽ち(たちま)に、雨が降り出す。カウントもイントロもAメロもなく、すぐさまに響きだす、土砂降り雨の降り頻る音。バケツをひっくり返したようなとはよくいわれたもので、数メートル先の景色さえ視認が困難なほどの雨量で、家族の悲しみを包む。

その後、入道雲は暗澹たる黒雲へと姿を変え、叫び続ける二人の嘆きに呼応するように、爆音の霹靂(へきれき)を走らせる。黒雲の中、稲光が這い回る。

「りゅうさんだ!」

溺れるほどの豪雨に顔を打たせながら、キララが天を指差しそう叫んだ。

「キララ、行きましょう! あんたが風邪ひいたら、二人も悲しむ! 母さんのせいよ!

あのとき、二人を釣りに行かせたりして……ごめんね」

五臓六腑を断ち切らんと胸を詰まらせながら、何とかその言葉を絞り出し、びしょ濡れのキララの背中を抱き締める。濁流で黄土色に染まった河原に躊躇なく膝をつき、娘の頬に自分の頬を強く当てて、滝のような雨で埋まる中空に向かって口を動かしている。

残された、小さく幼い娘を守るため。別れも告げず突然にいなくなった夫と息子から離れられない、自分自信を説得するため。

「母さん！　大丈夫なの！」

「キララ？」

「あのね、大丈夫なの！　母さん、泣かないで？」

後ろから強く抱き締める母の手を、冷え切った小さな手で、ぎゅっと握りしめる。キララも存外泥まみれだ。

一向に、その場を動こうとしない。

妹は、言い出したら聞かなくなる性格だ。

12

澄んだごく浅い川を渡ると、そこには多種多様の動物達がいた。猪に猿、鹿、狐、狸、その他小動物も。大人になっても、動物達を見ると心は躍るものなんだな。例の如く、壮年を迎えて以降、動物園などという、来場者で賑わう場所には無縁の人生を送ってきた私は、新鮮な感覚を覚えていた。

動物達はいずれも、金色の体表をしている。

「アルットさんには、驚かされたわ。ユピタライトを再現するだなんて、人智を越え過ぎている。惑星を一つ作ったのと一緒のようなものよ。人類の勤勉さは、大したものね。反動がなければいいけど。と言っても、大赤斑の視界を覗くための、極めて簡易的なシステムに他ならないから、そこまでの心配はいらないかな」

「凄い人なんだよ。研究者としても、一人の人間としても、尊敬している。右眼が翡翠になってから最初に目が覚めた、十二歳の頃からの、僕にとっての、父親代わりのような人でもある」

いちいち驚いているときりがないので、ついていけない話には触れず、アルットを良く言ってもらえたことに対し、単純に喜んだ。英語に不慣れな人間がネイティブと話す際に、知っている単純な単語だけを聞き分けて、想像の糊付けで、何とか意味を繋いで意図を解釈するように。

「目を覚ました十二歳のとき以前の、本当の家族の記憶、ないんだよね？」

「そうだね。酷く朧げなんだ。研究所の人が用意してくれた、写真や資料を見たり、調査可能であった範囲の数える程度の情報を聞いたりしたことだけならあるけど。とても漠然としている。はっきりしているのは、四人家族であったことと、事故のあった当日に、人数分、晶龍峡のキャンプ場が予約されていたことぐらい。幼い頃の僕を知る、親戚の人がいるそうなんだけど、どうも僕には関わりたくないようでね」

「思い出したい？」

バラエティに富んだ動物達に目をやりながら、それぞれ馬に跨りゆっくりと並走する。動物園やサファリパークのデートというのは、こんな気分なのだろうか。無造作に立ち並ぶ森の樹々を縫うように、立ち止まることなく進んでいく。

太い木の幹によって、リュカの顔が見えたり見えなくなったりする。

「まあ、そりゃあね」

「うふふ」

リュカは芳醇な香りを湛える小花の花弁のように、可憐な微笑みを一つ置いて、馬の横腹に、軽く脚で合図を送った。馬は脚を速め、私の跨る馬よりも、少しだけ先へ進み、前後一馬身ほど間隔を開けた状態で、また常歩に戻った。

揺れる金色の尾。手入れの行き届いた、リュカのショートカットにも負けないぐらいに毛艶が良い。

九

「これは、正真正銘、本当の話でございます」

白珠神社の宮司は、龍神伝説を語り終えたあとに、得意な顔でこう言った。

信心深い神職の人間が参拝客に神話を語るにおいては、さも流れ作業かのように用いられる、使い古された文句だろう。有り難い神様の存在を信じさせてこそ、賽銭(さいせん)やお布施の入(い)りは弾み、グッズの売れ行きは伸びるのだから。

語り部の宮司も例外なくそう説いたわけであり、参加者達を喜ばせた。嘘であっても構わないのだ。そうであってほしいと願う人々の気持ちに応える、幸せな嘘なのだから。

あにはからんや、数々の神話の中でもとりわけファンタジー色の色濃い白珠神社の龍神伝説が、紛れもない本当の話であり、宮司が語り部の後に残したその一言が、嘘偽りない真実であったとは。熱心な信者でさえも、そうそう信じ難いに違いない。

仙山は山頂、白珠神社本殿の大水晶に向かって、穢れなき心と声で祈り続けたキララの願いは、聞き届けられたのだった。かつてヒノとツキノの一家に奇跡を起こし、山を守った龍神は、現代を生きる幼く小さな魂の叫びに、応えた。

龍神は、幼い人間の娘の祈りに対し、そのキララの頭の中だけに声を響かせ、こう応えた。

〝父と兄、両方を助けることは叶わない。父は魂の入れ物である肉体の損壊が激しく、命を呼び戻しても息を吹き返せない。だが、外殻を保っている兄ならば、助けられないこともない。人の業や、穢れがなく、我が存在を信じ続けた純なるその心なら、命一つで魂を呼び戻してやれる〟と。

キララは、二つ返事で承諾した。

たった四年で生涯を閉じることを、躊躇(ためら)わなかった。

13

仙山中腹、五合目の高さあたりまでさしかかった頃、私達は乗り換えをおこなった。

乗り換えなどと言うと、一般的な生活を送る人からすれば、鉄道駅で別の路線を走る便に乗り換えるといった、何とも緊張感のないごく日常的な光景が目に浮かぶかもしれないけれど、あながち誤りでもない。

私達は、それぐらいにスムーズに、流れ作業的に、予定調和的に、中腹で待っていいたまた別の動物の背へと、滑らかに乗り継いだ。

「はーい、ご苦労さま。ありがとうね、お二人」

動物に対して「二人」は少々不相応な表現だが、そこまで私達を運んでくれた二頭の馬の労をねぎらって、リュカはそう言って手を振った。

次に待っていたのは、筋骨隆々、それはそれは巨大な一頭の鹿だった。鹿というのは、あくまで一般的かつ、生物分類学的解釈に他ならない。鹿とは名ばかり、いやシルエットばかりの、ちょっとした大型車をも思わせる巨大な動物だった。北欧・北米に生息する最大のシカ科動物、ムースがさらに巨大化したような。例の如く、黄金の体表をしている。

「ここからは、さらに傾斜が急になってくる。彼に任せましょ。持つところもあるから、転げ落ちそうになったらちゃんと掴むのよ」

頭を垂れた大鹿の角を撫でながら、そう説明された。そのまま角に足をかけ、しっかり腕を絡ませたなら、次に大鹿はゆっくりと頭を持ち上げて、リュカを自分の背にお招きした。私も続いて大鹿の前に立ち、彼女に倣った。デートスポットとして人気の動物園やサファリパークでも、ここまでの迫力体験はそう味わえまい。私が前に座り、彼女は私の後ろに座って、腰に手を回した。

大鹿の一歩は先ほどの馬の一歩とは比にならない。また、あろうことか、眼前の樹々は大鹿が進むたびに、それがごく当たり前の作業かのように、道を開けた。大鹿の周りにだけ、次元を歪ませるバリア空間が張られているような樹々の避け方だ。

山肌ごと動いているのだろうか、その現象には、枝葉が揺れるごく一般的な森の音以上の音は伴わない。大鹿の豪快な足音は、痛快なほどに響き渡った。

お陰で、山頂に向かうための私達の足取りは、さらに速まった。

「一つ、思うところがあるんだけどさ」

私は切り出した。

少し間を置いて、大鹿の背で後ろに座るリュカが返す。

「だよねー。あはは、何でも、聞いてよ」

相変わらず、彼女はいつものフランクな感じで接してくれる。夢であると言われた方が心底楽になれるような一日だけに、私はいつ気が触れてもおかしくなかったけれど、その気遣いのお陰で、何とか平静を保てている。

だけど、リュカもリュカで、やはり余裕綽々（しゃくしゃく）といったわけではないようで、あくまでそれが気遣いの領域であることは容易に察せられる。「何でも聞いて」と柔和なニュアンスで、私の開口を遮らなかったが、本当のことを打ち明けたくはないという本心が、見え隠れしているように思えた。

本当の話をするのが怖いのは、私も一緒だったので、同じベクトルを共有できていることに、少し安堵を覚えた。

「君は、龍神様なのかい？」

頭の中には、これまでの情報を統計したうえでの、さまざまな説が上がっていたけれど、その説を尋ねてみることにした。

「うーん、近からず、遠からず？」

「はっきりしないな」

「だって、半分正解で、半分不正解なんだもん」

「言ってくれれば、良かったのに」

「別にさ、隠してるわけでもなかったんだよ。むしろ、知ってくれてた方が良かったぐらい。でも、そんな風に言うなら、私にだって一言あるよ」

リュカは、私の腰に回した腕をぎゅっと狭めて、眼前にある首筋の窪みに顔を埋める。いつもより少しだけ速くなっている心臓の鼓動が、背中越しに伝わってくる。乗り物の足音がゆったりしているので、なおのことその印象を強める。

「私の過去のことなんて、全然興味を持ってくれない。普通、彼女の生い立ちとか、気にならない？　恋愛らしい恋愛をしてくれないのは、レンの方だよ」

私はただ、自分がその日その日を生きることで精一杯だった。誹謗中傷、脅迫、嫌がらせ、そして先行きの見えない日々の中で。黒い靄には飽きるほどに目を凝らしてきたけれど、言われてみれば、リュカの過去について詳しく聞いたことはなかった。

「一本、取られたね」

「ざまあみやがれ」

「龍神から遠くないということは、色んなことを知っていたり、できたりするんだよね。僕だけに黒い靄が見えるものだと思い込んで、右眼を光らせて、君に靄が溜まらないようにして、助けているような気分になっていた。僕一人何も知らなくて、馬鹿みたいじゃないか」

　騙されていた気分だ。

「それは違うわ。黒い靄、すなわちブラックホールの種、ゴブリンシード。あのレベルの小さな小さな初期状態を見分けられるのは、万象を見極める眼を持った木星か、その子供、ユピタライトだけよ。あなたがいなければ、見極められない。それに……」

「それに？」

「仮に嘘だったから、何よ。分かんない男」

「どういうこと？」

　私の首筋の窪みにフィットさせていた顔を離すと同時に、腰に回していた手も外した。

「もういい」

「優しい嘘。それか、嘘は女のアクセサリー？」

　少し、おどけた口調で言ってみた。

「アクセはタダで貰えるから、いいの」

「美人はマジで得、だもんね」

「うむ、苦しゅうない」

再度腰に回される、仄かな褐色のしなやかな腕。ゴールドのネックレスの音だろうか、質の良い金属同士が小さくぶつかる音が、微かに聞こえた。

続けて、リュカが話す。

「一つ、謝らなきゃいけない嘘があるとすれば、私はゴブリンシードの影響を受けないことかな。それどころか、靄を晴らす方に属する。靄の存在が不愉快極まりないって点では、超影響してるけどね。

アルットさんが、日本上空に溜まった靄が、私を中心として円状に晴れてたって言ってたよね。あれも、その影響でしょう。列島を覆うほどの、ずっと停滞しているゴブリンシードともなれば、出たり消えたりする、地上の僅かなそれとは違って、一所に住む私への反応も顕著になるだろうし。

ちなみに、空を見上げてもあなたが靄の黒雲を視認できないのは、それらが大気の層のさらに先にあるからね。一帯の黒雲を晴らす私もそばにいるわけだし。夜は宇宙まで見渡せるけど、宇宙も黒だから。あ、気づかなかった？　私が近くにいない、海外に検査で行ってるとき、右眼と左眼で、見える星の数が違ったはずよ」

「やっぱり、騙してたんじゃないか」

「酷いことを言うわ。本当に分かんない男だよ。一つヒント、あなたが最初に声をかけてくれたあの日、渋谷で、どうしてわざわざ大量の靄を寄せ集めてたんだと思う？」

「君は平気な顔をしていた」

「そして、出会えた。めでたしめでたし」

小さな子供に絵本を読み聞かせるように、聞き手を楽しませるように、とても明るいトーンで、その話は締められた。

九十度首を捻って、彼女の表情を確かめることはしなかったけど、純真無垢で、それはそれは楽しげな笑顔を浮かべているのだろう。人の良くない部分の凝縮体が黒い靄なら、穢れのない温かな感情群は、純白の光だ。

標高が上がってきており、霞みで陽も隠れ、だいぶ肌寒さも覚え始めた頃合いだったけど、私の背中が、いや二人で過ごす黄金の大鹿の背全体が、春の陽だまりのように暖かくて、気持ちが良い。

十

「キララ？　ちょっと、キララ！」

折り重なるように押し寄せる驚愕の連鎖に、息つく暇すら与えられない。

腕の中に抱いていた娘に起こった異変に、大きく目を見開く母。見開いてもなお、眼は焼かれない。黒く染まった分厚い積乱雲により、真夜中を思わせるほどの暗さになっている辺り一帯を、昼に変えるほどの光。にもかかわらず、ゆうに目を開いていられる不思議な光に、母は心当たりがあった。

「これって……」

腕に抱かれていたキララは、その体を黄金の光に変えて、ゆっくりと空へ向かう。振り返り、穏やかな笑みを母の方に向けて、安心させようとしている。

事あるごとに泣きじゃくってばかりいた妹は、そこにはいない。龍神の問いかけに対し、何も分からず首を縦に振ったわけじゃない。それがどういう意味なのか、自分がどうなってしまうのか、すべて納得したうえで、腹を決めたのだ。

僅か四歳の女の子は、世の理を悟りきったような安らいだ表情をして、こ、ち、ら、側に別れを告げる。

母は見た。宙に浮かぶ、金色の光となった娘のさらに先に。

断きのような雷鳴の日だった。

色彩で表現するならば、灰の単色では物足りぬ、もういくつかの寒色をも足したくなる、黒色すらまばらに散らばる曇天が圧し潰す。

そのせいだろうか、時折表層を駆ける鳥獣達を象った稲光は、その黄金を一層際立たせ、下界の生ある方の鳥獣、並びに衣服を纏った進化の果ての猿達に、威厳を誇示する。

断きの主である馬の稲光は、曇天の草原を疾走する。古から人と生活を共にし、移動や貨物輸送、娯楽の手段、さらには手近な食物にまでなり下がった地の馬達に、誇りを取り戻せとばかりに、輝く体躯をしならせる。

圧巻たるや、天馬一体。その刹那に天地が入れ替わり、地上の人間が雲に足着け逆様にでもなろうものなら、天変地異の様相を省いてもなお、畏敬と賛美の念に溢れ、乃公出でずんば膝をついたろう。

稲光の鳥獣戯画。黄金の筆は画才を惜しまず、厚く、深く、重く、それでいてどこか切なく名残惜しさをも孕んだ轟音と共に、鳥獣達を遊ばせる。馬、鷹、狼、豹、獅子、海獣、巨象。私の想像力と知識量では、すべてを表現するにはゆうに事を欠く。

だが、ただ一つ、ただ一つ、確信的な存在があった。

龍。

蛇とは違う、荒々しく重なる鱗と雄々しき鬣、強靭な凶爪を持ち、大気の障壁を易く牙で噛み砕き、悠然と天駆けし雷龍。神々しき筆跡を残し、這い巡る。

鳥獣達は道を開け、龍の御練りに平身低頭、恭順を示す。

地を叩く、沛雨の祭囃子。神は成った。

「そんな……、だめよ。何で娘が！」

母に龍神の声は聞こえていなかったが、顕現召されしその姿を目の当たりにし、それが疑いようのない真実であることを知った。我が手をすり抜けて天へと上りゆく娘と、その直線状に坐す雷光の龍神に向かって、届くかどうかも分からない声を振り絞る。

「龍神様！　違うの！　娘は、何も分かってないだけなの！　あなたに会いたくて、家族のことが大好きで、判断がつかなくて。待ってください！　こんなんじゃだめ。娘を返して！」

無情にも、天へ向かうキララは戻ってこない。足元で、幼い私が息を吹き返している。父については、河原にすり潰されたままで、変化は起こらない。私は潰れた右眼以外、傷も着衣の破損も、すべてが元通りとなっている。正気は、戻っていない。

「レン⁉　良かった。でも、これじゃだめ。だめよ！　伝説の話とも違う！　そうよ！　龍神様、聞いてよ⁉　あなたは昔、山に住む四人家族の旦那と息子を生き返らせた後、旦那のヒノの願いを聞いて、娘のアカリを蘇らせたんでしょ⁉　私はもう、十分に生きた！　世界一の夫と、世界一温かい家族と思い出が作れて、これ以上欲しいものなんてもうないの！　この世に未練はない！

だけど、キララは違う。これから彼女は、たくさんの友達を作って、たくさん美味しいものを食べて、たくさんの恋をして、たくさん綺麗になって、たくさん愛されて、それから、愛する家族を手に入れて、母さんなんかよりもっともっと、たくさんの思い出を紡いでいくの！　そうじゃなくちゃ、いけないの！

だからお願い、どうか、キララを返してください！　雷になって龍神様に仕えるのは、私が代わりにするから！　お願いします！」

先ほど語り部で聞いていた、龍神伝説になぞらえて、母が声の限り叫ぶ。喉が切れているのだろう。その響きには、不惜身命（ふしゃくしんみょう）の悲痛さが滲んでいる。雨と泥で、頭の先から足先まで、もう泥まみれだ。その叫びが報われる保証など何もないというのに、命の限り、魂の限り、祈った。

すると、キララの空へ向かうスピードが緩やかになり、やがて、空の一点で止まった。

次第に、雨が弱まり出す。雲はまだ、仙山上空から退こうとはしない。

「お願いよ！」

収まった雨音に、少しばかりの静けさを取り戻した森の中、その声は大きく響き渡り、こだました。すると次は、こだました自分の声とは異なる声が、頭の中に響いたのだった。

龍神は言った。母一人の命だけでは、キララを生き返らせることはできないと。伝説になった過去の奇跡は、現代の人間のように穢れていない古の山人が祈り、また山の数多の動物達も命を擲ち協力したから、特別にヒノのさらなる願いも聞き届け、フウジュとアカリをこの世に残したのだと。

息子レンを生き返らせたのは、キララがまだ幼く、嫉妬や僻みなどの邪念の一切を持たず、それでいて一切の疑いを持たずこの日より何日も前から祈り続けて、古の山人と同種の加護の片鱗を手にしていたためだそうだ。

「それじゃあ、だめなの。そんな難しい話分からない。何とかしてよ！　穢れが何よ、それが人間よ！　十月十日お腹を痛めて、どっちの子も難産で、最低の苦しみだった。それでも、二人の笑う顔は天使みたいで、産みの苦しみの何倍もの幸せをくれた！　高熱を出せば開けてくれる病院を探して深夜にでも駆け回って、食物アレルギーと分かれば一晩中レシピを研究して、度胸の無い子にならないようにと、心を鬼にして厳しく接してもいた。

私の大事な庭を穿り返したり、好き嫌いがあまりに酷かったり、兄妹喧嘩が続くときなんかは、鬼神の形相で声を張り上げたわ。叱り過ぎて口も利いてくれなくなったときなんて、隠れてどれだけ泣いたことか。それから、学校で先生に叩かれたと聞いたら、その先生の家に夫と夜中に怒鳴り込みに行ってやったわ！　二人の安全のために、近所の悪ガキの尻を引っ叩いたこともあったわね。お陰で、近所の評判は最悪よ！
どう？　大変よ？　これが人間の母親なの。凄いでしょ？　しんどくて、醜いことばっかりで、めちゃくちゃ、幸せでしょ⁉　最高！　こんなに幸せ者で、私はもう満足よ！もう、十分なの！　だから、私ならもう人間を辞めてもいい。いつまでも雲の上で、あなたのお世話をするわよ。少し寂しいかもしれないけど、動物達とかたくさんいるんでしょ？　私、どこでもうまくやれる方よ！　レンとキララが生きて笑っていてくれるなら、どんな仕事も環境も受け入れる。だから、お願い！　キララを、レンを、私と夫の子供達を、愛しているの！」

母を中心としてハリケーン状に渦巻き急成長する黒い靄を、龍神の大眼（おおまなこ）が映す。

母は、一切、引き下がらない。胴は一端の山ほどに太く、のたうてば積乱雲を掻き消せるほどの長躯、黄金に輝く龍神相手に、堂々、渡り合う。
龍神は、条件を出した。

14

仙山、八合目。といっても、一般の登山道ではないので、あくまで登山道で換算した場合の位置的水準として。ここからは、大鹿でさえ踏ん張りの効かない厳しい傾斜と、かち割れた岩盤剥き出しの荒々しい道が続いている。

長い道のりを運んでくれた巨大な相棒に、別れを告げる。大鹿は丁寧に頭を下げて、その場に体を伏せると、すぐに眠り始めた。

頂上までの道は、岩盤の隙間から散り散りに大木が伸びていて、まるでアスファルトに咲く蒲公英(たんぽぽ)のような不釣り合い加減で、自然の力がひしひしと伝わってきてならない。

いや、樹々達は、意思を持って落石を防いでいるようにも見える。この山は、人智を超えた、何らかの力にでも守られているのだろうか。そうも思わせるほどの、奇怪で霊妙なる光景が広がる。

「何から何まで、随分と抜け目がないものだね。いや、悪い意味じゃないよ。元来、抜け目ないって、良い意味で使われる言葉らしい。ほら、馬と大鹿だけじゃなくて、今日一日、適材適所で助けが入って、九死に一生を得たり、嬉しい偶然が、何度も続くというかさ」

私達は、歩き出す。

「偶然じゃないわ。巡りよ」

立ち入る者の行く手を阻む、大きくかち割れた岩肌剥き出しの荒々しい道は、何度も登ったり下りたりを繰り返さなければならない。巨大なアスレチックを組んだスポーツ系テレビ・バラエティの終盤コースに採用されても、何ら不思議ではない。そして無造作に突き出す、巨木の障害物群。岩盤を、力強く踏み締め進む。

「巡り？　僕は薄々、君の人ならざる力だったのかなって、思い始めている」

「そうでもないよ。でも、理由ははっきりしてる。この山であなたに収まったその眼、アルツトさんが、ラブラドライト成分が入ってるって言ってたじゃない。眼球にも、周辺組織にも。それでいて、天科の街はラブラドライトの大水晶、龍神の涙を祀る仙山のお膝元。

ラブラドライトって、宇宙と繋がる石なの。宇宙は無限の巡りを司る。あなたは今日までに、邪な生き方をしているわけでもないにもかかわらず、何年もたくさんの苦労をしてきたでしょう？　エネルギーチャート的に考えれば、大きく負の方向へ撓(たわ)んでいる状態ね。正しい方向、あるべき方向に向かって行動を起こしている今、溜まりに溜まった負のエネルギーが、反動で正の方向へ反発し、一気に幸運の連鎖が巻き起こっているというわけ。だから私は今日一日、あなたと一緒に出くわした状況すべてで、絶望なんてする必要がなかった。理に適ってるわよ」

光の当て具合によって、虹色に輝く天然石、ラブラドライト。宇宙と繋がる……のいわれは知られた話だけど、本当に繋がっているだなんて、誰が想像しただろうか。

「世の中に起こる物事には、かならず意味がある。アルツトに話したら、喜びそうだ」

「そういえばレン、小さい頃、ミミズ可愛がってたでしょ」

「そうなの？　残念ながら思い出せないけど、僕ならやりかねない」

「うふふ。ミミズは龍の眷属。遠い遠い、ね」

「随分な繁栄を遂げたもんだ」

「雷も龍の眷属。そして龍は、彗星の眷属」

「そこで、宇宙と繋がるのか！」

「そういうこと。ま、私は龍でも雷でも彗星でもないから、よく知らないけどね。もちろん、ミミズでもないからね」

龍でも雷でも彗星でも、ミミズでもない。そして、人間でもない、リュカ。

八合目から九合目の標高へ続くルートは、今が夏だということを忘れさせるほどに随分と寒く、吐く息が白む。背負ったリュックに持参していたパーカーを羽織った。夏の装いのままのリュカに着せようとしたけど、「あなたが着て」と頑なに断ったので、私が着た。

彼女の防寒装備といえば、大きく露出した腕に、昼にアパートの部屋で巻いた包帯が、おまけ程度の面積だけ冷気を遮っているぐらい。そのくせ、悴む様子がなければ、息を白くする様子も、鳥肌を浮かべる様子もない。空を飛び回る、龍の体質が影響している……？　体温調整を要さない姿は、より一層、彼女を人間から遠い存在に感じさせた。


金色の動物達も、あまり目にしなくなってきた。大きな鳥が、時折樹上で鳴いている。辺りには――黒ではない白い方の――霞が漂っていて、視界が徐々に効きにくくなる。街の方からすれば、これらは雲として見えるのだろう。とうとう、頂上にさしかかってきているようだ。

その空気たるや、霊験あらたか……の前置きが、お誂え向きな雰囲気とでも言おうか。いや、この霊妙な世界の表現に言葉をあてがうのは、少々野暮だろう。神妙で荘厳な、背筋を伸ばさなければ立ち入りが許されない、そんな空気へと変わっていく。

迷いの森。惑わしの森。

人も惑星も、惑いながら生きている。

「やっと、人の女性と、心が交わせたと思ったんだけどな」

一歩、一歩、歩を進める最中、私の口がふと切り出した。

「人じゃない……、なんて。まだ何も言ってないでしょ」

空気がかなり薄くなってきているのか、脳に十分な酸素が届きにくくなっていた。物事が上手くいかないときには、深呼吸をすればいいと良くいわれるが、こうも酸素が薄いと、深呼吸の効能すら頼ることができなくなる。

「結局僕は、昔も今も、この右眼に翻弄され出したその瞬間から、ずっと孤独だ」

「君は一人じゃない」

「人じゃなければ、この先恋愛擬きを続けたところで、結婚できないし、子供も作れないし、家族にもなれないじゃないか。僕だけが、年老いていくのかな。SF話が関の山？」

「まだ決まってもいないことに、卑屈にならないで。あんたも人間ね。ゴブリンシード、生まれちゃうよ？」

深呼吸を怠ると、どうも独りよがりになるということを、山登りデートは教えてくれた。

「そうさ！　僕は人間さ！　君と違ってね」

「あはは、だよね……」

笑ったままの顔で、リュカは私とは反対方向に顔を向けた。聞こえるか聞こえないかぐらいの、切なげな音がする。小さく見えた、威厳失いしファラオ、絶世の美女、丸顔のクレオパトラ。

「好きだの何だのって浮ついた言葉は、やっぱり全部この眼のためだったんだろ？　一人で架空の幸福に浸って、勝手に格好つけて、馬鹿みたいじゃないか。乗り物が馬と鹿だったのも、何かの皮肉かい？」

「もう、どうしちゃったのよ！」

ずっと気になっていたけど、その答えを聞くのが怖くて、ずっと堪えていた前者の質問。つい口を滑らせてしまった。石破天驚の今日の日においても、どうにか正気を保ってこられたのも、愛する、信頼している、リュカがいたからこそだった。ここへきて、恐れていた真実に手をかけてしまい、案の定、見事に心は折れ砕けてしまった。言うべきでない方の言葉が、次々に口を滑る。

「どうしただって？　説明の必要があるのか？　日本中に馬鹿にされて、世界中の見世物にされて、挙句女にもコケにされてさ。もう、どうとでもなればいいさ。右眼を持って行きたければ、くれてやる！」

漂う白い霞に、黒く濃い靄が混ざり出している。ゴブリンシードが、私の周りに生成され始めていることを、右眼のユピタライトが知らせた。もう、こんな景色を見るのも最後にしたい。

「眼だけのためなわけない。本気に決まってるじゃない！　どれほど一緒にいると思ってるの？　出会ってから数えれば、何年になる？　分かるでしょ」

「龍だか何だかよく分からないのに、騙されながら、だろ」

「……」

こんなにも、感情を剥き出しにして言い合うなんて、初めてだった。存外にして、彼女を否定するための言葉は、次々に、するすると出てきて、自分でも驚いた。

心の弱い人間が、いとも簡単に人に邪心を抱いて、自分をも信じられなくなって、黒い靄に包まれて、醜いゴブリンになる。そのメカニズムも、今じゃそうそう分からなくもない。

「あなたは、大丈夫だから」

リユカが言った。

「それ、何なんだよ」

「ううん、何でも」

振り上げた刀は、簡単に下ろせやしない。

終わりにしなきゃ、いけない。

「好きだったよ……」

そう言い終わる前に、リュカは意外な名前を口にした。

「ユリアさん」

「え？」

「女性が男性の姿になって、好きな生き方で、好きな人を愛する時代に、何時代遅れなこと言ってんの？　仮に私が龍だとして、人の姿になって、人を愛して、何よ」

そう言い終えたリュカは、山頂へ向かう道が二手に分かれるところで、私とは違う道へ入っていった。言い返す言葉は、見つからなかった。

お互いの姿をほとんど隠す、立ち並ぶ巨木の壁を隔てて、かろうじての気配だけを感じながら、急勾配のお互いの道を、まっすぐ進む。

十一

崩落事故の朝、私はえも言われぬ嫌な予感がしていた。その予感は、それはそれは、もののの見事に的中した。嫌な予感も何も、晶龍峡を訪れることで、一生を終えることになりかけたのだから。実際にはならなかったけど、私は家族を失って、珍妙な眼を手に入れて、生き地獄を味わうことになった。

この日の私には、三つの幸運があった。一つは、初めて晶龍峡を訪れたときに、たまたま手に取って買ってもらった土産物の球状天然石が、地球上唯一にして、かの木星の子であるユピタライトであったこと。

一見すると、雑味の多い出来の悪い翡翠でしかないのだが、実際には、国立博物館のセキュリティが堅牢なガラスケースの中や、世のすべてを手にした資産家の宝石コレクション、はたまた、アメリカのエリア51やＮＡＳＡの所有物であっても何ら不思議ではない。

二つ目は、木星模様のユピタライトを幼い私が酷く気に入っていたこと。日課のように眺めては、きれいに手入れをし、ときには、いわゆるイマジナリーフレンドとして、友人のように語りかけもした。こと、妹が生まれる前までの一人っ子であった頃や、その彼女に物心がつくまでに関しては、一人でいるときの孤独を埋める役割さえ果たしてくれていたであろう。

そんなお気に入りの石、ユピタライトを、私はその事故の日、ポケットに忍ばせており、肌身離さず持ち続けていた。父の赤いワンボックスで移動しているときも、キャンプでカレーを囲んでいるときも、土産物売り場に繰り出したときも、そして、父と川釣りをしているときも、である。

三つ目は——。


龍神は、辟易していた。ただ営みを送るだけで、次々にゴブリンシードを生み出し、宇宙空間のブラックホール発現に寄与する、現代の人間という生物を、良しとしていなかった。

それでもなお、条件付きで母の頑とした想いを飲んだのは、その叫びが、現代の人間が邪なだけの生物ではないという発想を芽生えさせたためだった。

龍神は、キララの命を使って幼い私を蘇らせるときに、驚くべきことに気づく。長く探し求めていた、木星が派遣したのちに接続が途切れ、行方不明になっていたユピタライトを、私がポケットに忍ばせていたことだ。

ユピタライトから世を覗けば、ブラックホールの原初、ゴブリンシードを見極められる。ゴブリンシードが肥大化して宇宙に放出されれば、もはや触れることすら憚られる、宇宙の癌となるが、シード状態なら手の打ちようがある。

発生間もない靄であれば、他者が愛情や思いやりをもって接して、陽の気を分かち合うことで、霧消させられる。また危険レベルに至った場合でも、一定の状態であれば、入道雲で巻き上げて、暗雲の内にて雷龍、雷獣が浄化すれば、その一切を無に帰せる。

地球上では、たびたび大雲が発生して黒雲と化し、雷鳴と共に大嵐を起こして、街が根こそぎ洗われる。大雨の後に、空気が澄んで見えるのは、空気が美味しく感じるのは、つまるところ、そういうことなのである。

この浄化作業を、よりピンポイントに、的確に施すために派遣されたのがユピタライトだったが、受け取り主の龍神も、派遣元の木星も、すっかり見失ってしまっていたのだった。

その極めて重要なユピタライトを、息絶えた少年こと小学二年生の私が持っていたのだから、呼び出された龍神においても願ってもない。

龍神側が提案した条件の内容はこうだ。右眼を失った私の眼窩に、ユピタライトを埋め込み、眼球としての機能を与え、人間生活と並行してゴブリンシードの監視をさせる。人間界の人間当人の視点で覗くとなれば、より一層ゴブリンシード発生や対処法が事細かに見極められると、そう踏んだ。迷惑な話だ。いやそれはさておき。

次に、キララを蘇らせる条件として、代替え案を提示した。蘇らせることはどうしてもできない、その代わりに、龍神がキララと子を成し、その子孫にて遺伝子を後世に引き継ぐという案だ。

子孫に遺伝子を引き継がせるなどというと、この場合、少々無慈悲な提案にも思えるが、そこは神の領域の話だ。私が独り立ちをする十八歳のタイミングで、同年代程度に成熟した姿の娘を、突如として地球の日本に登場させるという力業である。

もちろん、言語も知能も経験も、平均以上に設定してだ。ビジュアルだけが妙にステータス円グラフのバランスを大幅に乱しているが、そこは龍神としてのプライドか、はたまた、兄の私と同じく嫉妬される苦しみを知る人間にして、支え合う関係を演出したのかは、それは定かではないが。

過去や人脈、役所の手続き諸々については、人類の記憶ごとごっそり調整を加えており、何ら問題はない。

さて、肝要はここからだ。龍神とキララの娘ことリュカは、ただ遺伝子を引き継いだ存在というわけでもない。母の想いを飲んで、龍神はキララの魂をリュカに輪廻転生させた。つまり、キララなのだ。輪廻転生の方式を大幅にショートカットしているわけだが、龍神は神の、宇宙の御業によって手心を加えた。娘を生かしてほしい。母の願いは、無事聞き届けられたのだった。

龍神は、粋だった。母のために行使した奇跡は、これに留まらなかった。

母の魂は自身の希望の通り、雷光の身となって雲上へと舞い上がった。けれどこのとき、すでに死に絶えていた父の魂も、同時に雷光にして引き上げた。母の一抹の不安であった寂しみも、見事解消しのけたのである。体ごとでなく、母と妹の魂だけを引き上げたのは、河原で損壊した父の亡骸（なきがら）に、二人の肉体を寄り添わせるため。

さらに、キララが転生した生まれたてのリュカが、私と出会うために地上に降り立つ、十八歳頃の年齢に成長するまでの間、家族三人、仲良く過ごさせた。年月の理も、天衣無縫、自由自在である。

雲の上の世界といっても、何もない真っ白の大地で、ただ寝転がって黙々と日々をこなすというわけでもない。そこには、それはそれは大層立派な、人の目には見えない神様の世界があり、地上とも変わらない、いやそれ以上ともいえる街や国々、生命が社会を営んでおり、地上で生きていた頃と変わらない姿で、充実の時を過ごせるのだそう。

地上で葛藤しながらも逞しく生きる息子のことを想いながら、愛おしい娘を夫婦二人で仲睦まじく育て上げる光景は、それはそれは幸福で、美しいものであったそうだ。

15

リュカと別れてしばらくすると、私達を隔てている、立ち並ぶ大樹の壁がだんだんと厚みを増して、気配すら感じ取れないようになった。異様なる山の峰に広がる森の中を、たった一人で彷徨（さまよ）っているわけだ。

先ほどまでの高まった熱はどこへやら、途端に巨大な不安が押し寄せてくる。いや、不気味な山を、一人で彷徨っているからという理由だけではない。もどかしさが、なおのこと、永遠に溶けることのない氷の一欠片を胸の奥に留めたような、言葉にできない自滅的意気阻喪を演出する。

酸素も不十分な中で、頭が随分と回る。凄まじい速度で、自問自答が繰り広げられる。

「リュカ！」

姿も見えない状況で、大声を張り上げて謝れるほど私はできた人間ではない。大した文面は用意していなかったけれど、孤独の洞窟に向かう小さな心に耐え切れず、とにかく大きな声で、その名前を呼んだ。

しばらくの間をおいてから、遠くの方から名を呼ばれた気がした。辺りを漂う、白む霞のようなはっきりしない声だったが、リュカ以外の声というわけではないだろう。殊の外、胸の奥に生じた氷がすっと融解したので、思っている以上に大いなる安堵を覚えているようだった。

世の中に起こる物事には、かならず意味がある。随分なきれいごとじゃないか。幼くして大事故に遭って、奇妙極まりない右眼になって、家族のいない一人ぼっちになって、それでも生命の維持に支障はないから、大した同情を受けることはなくて、それでいて、希少な症例だからといって、人生奇妙奇天烈のモルモット扱いときた。そして挙句の果てに、木星だって？　笑えやしない。

この眼は、人間の見たくない部分を、具象化して見せた。嫉妬、羨望、悔恨、僻み、劣等感。これらはゴブリンシードと名付けられた靄となり、空気中に生じ、感染し、人を人ならざるゴブリンへと変える。

普通の人が普通の眼で目視できないのは、普通の人が見てしまうと、自分達人間という生物の醜さに耐え切れず、自我が崩壊し生きていけなくなるからではないだろうか。種の防衛本能である。

そこへきて、私は共感者の一人もいない世界で、十二歳からずっとそんなものを見せられ続けていて、今年で早十三年。精神が瓦解していても、何ら不思議ではないだろう。

いや、何度も破滅していた気もする。にもかかわらず、なぜ私は今なお生きているのだろうか。

鯔の詰まりは、僻みや嫌がらせ、誹謗中傷。比較的生きやすかったドイツから戻ってきた当初、これは日本文化の一部であり、誰もがこれらを惜しみなくぶつけ合って生きるのが当たり前のお国柄かと思っていたが、実はそうではなかった。

人とは違う特異な眼を持ち、特別な収入と特別な待遇をごく当たり前に与えられて、さらにその事実が全世界に知られている私だけが、群を抜いて集中的にぶつけられているものだった。

自分の人生が上手くいかない理由を、私のせいとして不条理なる怒りをぶつける者、私を貶めて、ただ単にストレス発散する者、自分の劣等感を覚えている部分を私に投影して、現実逃避を図る者。

私は知っている。これらの人間の大半は、「そうしやすい対象だから」という理由だけで、行為を働いていることを。人を惹きつける魅力や、何かを生み出す武器を持たない者、そしてそれらを磨く努力を知らない者は、中傷に同調することで孤独という傷を舐め合えるからという理由一つで、慣れ合っているだけだったりもする。言葉一つが、人を死に至らしめることを、彼ら彼女らは知らない。

ここまでならまだ可愛い。その他にも、脅迫して潤沢なる資産を奪おうとする者、強硬手段で直接眼を奪い取ろうとする者、目障りだからという理由一つで、抹殺を企てる者などもある。海外においては、特にこれら非人道的な傾向が顕著である。

人間は、なんと醜いのだろう。ゴブリンシードのせいではない、人間のせいでゴブリンシードが生み出されているのだ。拝啓木星、ひいては宇宙、これが地球です。にもかかわらず、なぜ私は今なお生きているのだろうか。

振り返れば私には、ただの一度たりとも愛されたためしがない。愛されるとは、どんな気分なんだろう。いつだってたった一人で、いつだって億千の刃を突き付けられて、生きさせられている。たまには、温かく柔らかい毛布にくるまれて、眠りに就きたいものだ。どんなに大金を積んでも買えない方の、最高級の毛布に。

その時だった。遠くの方から、それはそれは微かな声で、名前を呼ばれた気がした。誰の声だろう。こんな森の中に、こんな大山の峰に、こんな私に声をかける人なんて、いるわけがないのに。いや、この地球上に、宇宙の果てまで。気のせいか、聞き違いか。

「――――」

ふと口をつく、その名前。

山霞の彼方、天駆ける、青天の霹靂。

絶世の美貌、丸顔のクレオパトラ。私だけのファラオ。そうだ、君なんだ。君がいるから、君が笑うから、君の声が囀るから、君が頼るから、君が身も心も美しい君だから、私は生きているんだ。迷いの森のその最中、どうして忘れてしまっていたんだ。

何度呼んでも、もう声は返ってこなかった。だけど記憶には、しっかりと君の笑う顔が焼き付けられている。その声がいいんだ。僕は思い出すよ、何年、一緒にいると思っているんだ。

森を統べし忘却の女神よ、私の彼女もまた半分神様らしい。きっと、あなたよりも美しいに違いない。嫉妬はおすすめしない、お肌に良くないらしいからね。

16

「よくぞおいでくださりました。さあ、どうぞ、お寛ぎくださりまし」

九合目、迷いの森をしばらく進むと、金色の狼が待っていた。

その狼は、少し駆けては立ち止まってこちらを見、少し駆けては立ち止まってこちらを見、を繰り返しながら、剥き出しになった、それは高い断崖絶壁の前まで連れて来てくれた。

その案内に、露ほども疑いは持たなかった。私の自慢の彼女が、見目麗しい私の女神が、用意してくれたものに違いないと、確信めいて先導に従った。

遥か頭上に見上げるは、十合目、仙山頂上。断崖絶壁を登る気力も体力もあるわけないけど、そこも心配はいらなかった。それはそれは巨大な黄金の鷹が、山頂まで運んでくれた。その大鷹は、これまでと違って、人間の形状をした光を乗せていた。体躯のシルエットから見て、逞しい大人の男性のようだった。黄金の体表だから、大鷹も彼女の知り合いに違いなさそうだったけど、さすがにいきなり空を飛ぶのは気が引けた。

けれど、大鷹に跨る男性が強靭な腕っぷしで引っ張り上げ、肩を支えてくれて、随分と気が楽になった。男性は言葉を発さなかったけれど、嬉しそうな表情で私を見守ってくれている様子だった。あれは一体、誰だったのだろう。

頂上には、事前に聞いていた通り、年季の入った朱の神社がぽつりと建っていた。八〜九合目に立ち並んでいたそれらとも比にならないほどの立派な九本の巨木が、神社の周囲を囲い、守るように立ち聳えている。さながら、天空の杜。

その中心に、一本、神話に出てくるような太さの、それだけでも一端の山にすら見紛う一柱があり、巨人が結わえたのかと連想させるほどの立派な注連縄が張られている。御神木のようだ。

振り返ると、白い霞は晴れ渡り、またゴブリンシードこと黒い靄も一切ない、夕景にはほど遠いがわずかに日の傾き始めた、永遠をも思わせるどこまでも続く青空が広がっていた。眼下に臨むは、森の緑を少しばかり覗かせながら波寄せる、純白の大雲海。さらに彼方を見渡せば、天科市だろうか、遠く遠くに街並みが広がる。快晴の今日は、長野や東京、静岡まで見えているのかもしれない。

街だ。人が営む、街だ。私を人とも思わない、人々が群れる、街々だ。小さ過ぎて、それを街だと認識することすら難しい。いや、そんな街で、長年にわたりああももがきあぐね続けていた私なんて、塵に等しい。

「こちらが、龍神様の御涙でございます」

御神木の足元に佇む白珠神社を訪ねると、かなりの高齢と窺える、背の小さな、豊かな年輪を湛えた一人の女性宮司と、それなりの経験を持つであろう三人の神職の方が出迎えてくれた。

脚の疲れを感じる間もなく、私はラブラドライトの大水晶を見せてほしいとお願いした。

宇宙と繋がる石とは、よく喩えられたものである。ラブラドライトが宇宙と表現されるのは、角度を変えながら光を当てると、虹色の輝きを放つことに由来しているわけだけど、龍神の涙はその次元に留まりやしなかった。

一方向から見ただけでも、球の複数の箇所が異なる色で光り輝いている。極めつけは、内部だ。各々が煌(きら)めく星屑が散りばめられており、固体であるにもかかわらず、ゆっくりと、それでいて確かに大きくうねり、星々は銀河が如く流動的に動いている。

ああ、これはただの天然石じゃない。龍神様が落としていった、紛れもない本物の涙だ。科学でも、アルツトでも、解明できやしまい。

「そちらへ、お座りくだされ」

宮司は、龍神の涙の前に用意された座布団へと、私を促した。海苔の巻かれていない、二つの大きなおにぎりと、お茶を淹れた湯呑茶碗が用意されている。

「長くなりますからのう」

「え？」

「話は聞いております。それでは、記憶の旅へ。壮途をお見送りいたしましょう」

私に用意されたであろう座布団の前に、宮司が自分の座布団を敷いて、対面する状態で座っている。いざなわれるがままに、おにぎりとお茶の置かれた座布団に座って、にこやかな宮司と膝を突き合わせた。

「それでは、目をお瞑りください。翡翠様がその御右眼に宿るその刹那と、事故によって失われたお子様の頃の記憶、すべて御照覧いたしましょう」

宮司は、数珠を通したしわくちゃの手を、ぴたっと合わせた。

「あの、ちょっと待ってほしいんですけど……。記憶？」

「目をお瞑りくだされ」

動いているか動いていないのか分からないほどに、口元を小さく動かして、何やら音を発している。聞き取りづらいが、どうやら念仏の類いのようだ。

「その前に、あの、健康的な肌をした、背の高い、良い香りのする女性は来ていませんか？」

「目を、お瞑りくだされ」

しばらくすると、小鳥の綿羽の一片が舞い降りたかのようなしおらしさで、左肩に誰かが触れた。私の心の声に呼応するように、若い女性の声が聞こえた。

「あなたは、大丈夫だから」

耳心地の良い話し方だ。だけど、気圧の関係だろうか、記憶の中の話し声よりも、幾分か幼げだ。両の瞼（まぶた）が重く、もう、目は開かない。山の霞の匂い立つ。

旅立ちは、断きのような雷鳴の日だった。

この物語はフィクションです。登場する人物・団体・名称等は架空であり、実在のものとは関係ありません。

ベンタブラック【vantablack】

《vantaはvertically aligned nanotube arraysの略》カーボンナノチューブからなる黒色粉末。現在知られるもっとも黒い物質の一つであり、可視光の99・965パーセントを吸収する。林立する炭素原子からなる筒が光を反射せずに筒内に捉えることで、最終的に熱に変える。カメラや望遠鏡の光学系で、迷光や乱反射を防ぐ素材などへの応用が試みられている。

（小学館『デジタル大辞泉』より）

あとがき

クライマーズハイ。誰もいない井の中の、名も無き静寂の小島を。以後の造物など、死後世界の雑談のようなものなのでしょう。

ここに、一つの球状の天然石がある。翡翠に近い緑色に多量の雑味が混ざり、さながら木星を思わせる模様。模様の集束する一点に瞳のような円が見える。つまり、デスク上に置いたこの石が、今作を綴るにあたってのインスピレーションのシードである。まだ二つの眼を持っていた頃のレン少年と同じく、幼い頃にどこぞの旅先で父に買ってもらったものと記憶している。名はユピタライトでもサテライトでもなければ、翡翠でもない。そもそもこれといった名はついていない。だけれど今もここにある、石。

ドリームブレーカー（ドリームキラー）という言葉がある。思えば、作中「靄」にて考察しているのは、広義に捉えるその成り立ちや内外への影響との対峙についてのものなのかもしれない。言葉一つで、指先一つで、容易く倫理は踏み越えられ、未来ある命さえ奪われる時代だ。そんな不条理を知らされるたびに立ち込める、違和感。
けれど、真っ当な正しさや美しさだけがかならずしも最適解となるわけでもない。「龍の目にも涙、」である。

愛について考えること。この考察の継続、絶えなき縫製作業そのものが、或いは名をあてがうことすら難しい、生命の一種のレゾンデートルのようなものと呼べるのかもしれないと私は思う。考察することを放棄してしまうのならば、空気は例えば靄を帯び――。

人間は確かで不確かで、いつぞに私はいなくなって、すべては仙山九合、忘却神の森へと葬り去られてしまうので、その考察の記録をこの物語という風変りなタイムカプセルの隅に、そっと収めておきたい。困難の誰かへ、春夏知る冬へ、まっすぐに夢抱く次代へ。現在、未来。

著者プロフィール

伊杜 悠久（いとう ゆうきゅう）

近畿出身。1985生。十代より芸能系諸々・写真・音楽等の活動・仕事を広く経験。他、副業的Webライティングを十余年。二十代後半、人生を振り返りつつ、小説作家を志し移住の旅へ。二大都市〜地方文化と、日常領域にて見聞を広める。2020年『darkside』（文芸社）。

龍の目にも涙、翡翠の眼には雷鳴を

2021年12月15日　初版第１刷発行

著　者　伊杜 悠久
発行者　瓜谷 綱延
発行所　株式会社文芸社
〒160-0022　東京都新宿区新宿1－10－1
電話　03-5369-3060（代表）
03-5369-2299（販売）

印刷所　株式会社フクイン

ISBN978-4-286-23087-0